KB007861

세 아이의 약속

글 **이하은** · 그림 **김옥재**

차 례

증언자 조선 아이, 승기

승기는 집에 가만히 있을 수가 없었다. 어제 미치코가 놀러오라며 슬며시 던진 미소 때문만은 아니다. 밖에서 사람들의 발자국 소리와 북적거리는 소리가 요란하게 울렸다. 이층 창문을 열고 내다보다가 아래층에 있는 가게로 내려갔다.

"오늘 행사가 참말로 어마어마한가 봐요. 그렇다고 일본인들이 벌이는 잔치에 조선인이 춤을 출 수는 없는 일이고."

어머니가 장사할 준비를 하느라 채소를 다듬으며 말했다.

"뻔뻔하기도 하재. 남의 나라에서 뭔 생일잔치를 해?"

아버지도 못마땅해서 얼굴을 찌푸렸다.

"승기야, 오늘은 나다니지 말고 집에 조용히 있어라."

어머니가 말했지만 승기는 그 말을 따를 수 없었다. 이른 아침부터 궁금해서 엉덩이가 자꾸만 들썩거렸다. 슬그머니 길거리로 나가 사람들을 구경했다.

총으로 무장한 일본 경찰들이 곳곳에 깔렸다. 그들은 눈을 부릅뜨고 오가는 사람들을 살폈다. 말을 탄 일본군과 기갑부대의 장갑차들이 시가지를 누비고 다녔고, 비행기들이 하늘에서 축하 비행을 했다. 거리에는 커다란 일장기가 바람에 나부꼈고 사람들 손에도 작은 일장기가 들려 있다. 그것은 상하이가 일본인 세상으로 바뀌었다는 걸 말해 주었다.

승기는 자신도 모르게 사람들의 물결 속에 끼어들었다. 누가 볼세라 어깨를 움츠리고 어른들 틈에 바싹 붙어서 갔다. 사람들의 물결은 공원 쪽으로 흘러가고 있었다.

"어? 채소 장수 아저씨다!"

승기네 식당에 채소를 대주는 그 사람을 단박에 알아보았다. 그 아저씨는 야채를 리어카에 싣고 일본인 거리와 상점에 다니며 팔았다. 그런데 오늘은 갈색 양복에 넥타이를 매고 모자에 구두까지, 아주 말쑥하게 갖추어 입었다.

'일본인 차림인데?'

그는 전혀 다른 사람으로 보였다. 무엇에 사로잡힌 듯 성큼성큼 걸었는데, 굳은 표정은 말을 걸기가 어려웠다. 하지만 승기는 느꼈다. 얼굴이 검고 투박하지만 그에게서는 꾸밈이 없는 조선 사람의 냄새가 났다.

'아저씨도 기념식에 가는 거야? 왜?'

승기는 뒤따라 붙을 셈으로 종종걸음을 쳤다.

"스키짱!"

그때 뒤에서 누가 승기를 불렀다. 돌아다 보니 미치코가 천진하게 웃으며 손짓을 했다.

미치코는 승기 이름을 제대로 발음하지 못해 '스키'라고 불렀다. 진쉐는 그 말이 '새끼'로 들린다며 놀렸다. 중국인이어도 조선의 흔한 욕쯤은 곧잘 알아들었다.

"하이."

승기는 뻘쭘해서 머리를 긁적거렸다.

미치코는 상냥하고 친절해서 보기만 해도 기분이 좋아졌다. 오늘은 잔칫집에 축하하러 가는 모양새로 한껏 멋을 부렸다. 머리에 붉은 꽃을 달고 꽃무늬가 화려한 기모노를 입어서 인형처럼 예뻤다. 승기는 자기도 모르게 얼굴이 달아올랐다. 일본군은 불편하지만 친구로서 미치코를 좋아하는 마음은 단순했다.

승기는 미치코 옆에서 어정쩡하게 따라 걸었다.

미치코네 식구들은 친척들과 이야기를 나누며 걸었다. 다들 번지르르한 얼굴에 잘 차려입었다. 미치코 엄마는 올림머리를 하고 꽃과 새 무늬가 어우러진 기모노를 입었다. 옆 사람과 이야기하느라 승기를 알아채지 못했다. 하지만 승기와 미치코가 스스럼없이 이야기하는 것을 본 미치코 아버지는 못마땅해서 양미간을 찌푸렸다.

그 사이에 채소 장수 아저씨를 놓치고 말았다.

"스키짱, 나중에 같이 먹어."

미치코는 엄마 손에 들린 도시락을 손짓하며 애교스럽게 눈웃음을 쳤다.

승기네 부모님은 미치코네 건물에 가게를 얻어 식당을 했다. 대부분의 건물 주인이 일본인들이어서 도리가 없었다.

미치코 아버지는 집세를 꼬박꼬박 받아가면서도 조선인들이 몰려든다, 건물을 더럽게 쓴다는 둥 트집을 잡았다. 부모님이 절절매는 것을 볼 때마다 승기는 마음이 편하지 않았다.

승기네뿐 아니라 많은 조선인들이 일본의 탄압을 피해서 중국으로 왔는데, 일본이 상하이를 침략하면서 또 마주치는 황당한 일을 겪고 있었다. 일본인과 조선인은 개와 고양이처럼 서로 으르렁거렸다. 중국인도 일본인과 사이가 좋지 않아 세 나라는 얽히고설켜 복잡했다.

하지만 세 나라 사람들은 국제도시 상하이에서 같이 살아야 했다. 승기와 미치코, 진쉐가 같은 영어 교습소에 다니며 영어를 공부하는 것도 마찬가지였다.

오늘은 1932년 4월 29일, 훙커우 공원*에서 큰 행사가 두 개나 열린다고 했다.

며칠 전부터 기념식을 알리는 광고가 신문에 크게 실렸다. 상하이에 있는 일본인들은 도시락과 물통, 그리고 입장권만 가지고 참가하라고 했다. 그것을 본 일본인들이 구름떼처럼 몰려드는 것이다.

중국과 일본은 상하이에서 전쟁을 했다. 중국은 일본군을 이기지도 내쫓지도 못했다. 그래서 일본군이 상하이를 점령하게 되었다. 일본군은 전쟁에 이겼다면서 마치 승리한 것처럼 기념식을 하고, 뒤이어 일왕의 생일을 축하하는 천장절 행사를 합동으로 거행하려는 것이다. 상하이에서 일본군과 일본 거주민이 함께 성대한 잔치를 베풀고 위세를 떨치려는 속셈이었다.

공원 입구에서 사람들의 웅성거림이 잦아들었다. 일본 경찰들이 입장권을 검사했다. 그들은 사나운 눈빛으로 입장하는 사람들을 훑어보다가 조금이라도 낌새가 이상하면 행렬

---

* 훙커우 공원 : 지금은 이름을 고쳐 루쉰 공원이라고 함.

에서 끌어내 검문했다.

중국인이나 조선인은 일본인과 얼굴 모양이 비슷해서 언뜻 보면 구별하기 어렵다. 사람들은 몸가짐을 조심하고 침착해졌다. 그 속에 들어 있는 승기는 멋쩍었다. 만약 친척 어른들이 본다면 철딱서니 없다고 나무랄 것이다. 괜히 주변을 힐끗거렸다.

'어? 진쉐잖아? 자식, 아버지랑 같이 왔네.'

진쉐 아버지는 일본 편을 드는 기사를 쓰는 신문기자다.

승기는 쳐다보기만 해도 언짢아서 얼굴을 확 구겼다. 그들이 미치코 엄마와 인사를 나눌 때 승기는 사람들 틈에 몸을 숨기고 다른 곳을 보는 척했다. 진쉐 아버지가 외국인들과 인사를 하느라 거리가 멀어졌다.

아무나 일왕의 생일잔치에 올 수는 없었다. 입장객은 일본인들이 대부분이고 특별히 초청을 받아 온 외국인들이 간간이 보였다.

미치코네 식구들이 검문을 통과할 차례가 되었다. 경찰들이 미치코 부모를 알은 체하며 그냥 통과시켰다. 입장권이 없어 조마조마하던 승기도 미치코와 일행이 되어 자연스럽게 들어갈 수 있었다.

그때 옆에서 가벼운 실랑이가 일어났다. 채소 장수 아저
씨였다. 그는 물통을 어깨에 메고 한 손에는 도시락을, 한
손에는 일장기를 들고 있었다. 일본 경찰이 뭔가를 물어보
자 그는 일본인인 것처럼 유창한 일본말로 대답했다.

"저 사람 야채 팔러 오던 사람 같은데?"

미치코 어머니가 그를 알아본 것 같았다.

"리어카에 온갖 채소를 잔뜩 싣고 와서 동네에서 팔았잖아? 말도 잘하고 인사성이 밝았어."

길거리에는 건달들이 득시글거렸는데 리어카를 끌고 다니는 부지런한 청년, 채소 장수는 단연 돋보였다. 모자를 눌러 썼지만 짙은 눈썹에 눈매가 서글서글한 것이 인상 깊었다.

승기는 그가 보이지 않도록 슬며시 등 뒤로 가로막았다.

"그 사람이 여길 왜 오겠어? 자신은 일본인인 척하지만 조선인 같다는 소문도 있던데."

친척이 고개를 갸웃거렸다.

"하긴, 저이는 멋지게 차려입었네."

사람들은 금세 관심을 돌렸다.

승기는 훔쳐보다가 그와 눈길이 마주쳤다. 채소 장수는 승기를 알아보지 못했다. 약간 고집스러워 보이는 그의 표정과 비장한 눈빛은 무언가에 몰두해 있었다.

그의 손에 들린 일장기를 보면서 승기는 의구심이 치솟았다. 당당한 일본인들, 힘 있는 상하이 사람들 틈에서 조선 사람들이 낄 자리는 없었다. 그의 모습은 온갖 억측을 자아

내게 했다.

'왜 일본 사람처럼 꾸몄지? 일본 사람이었나?'

물론 조선인들도 일본인 행세를 하는 경우도 있었다. 김구 선생은 거지 차림의 중국옷을 입고 다니며 어설픈 중국인 행세를 했고, 얼마 전 거사를 일으킨 이봉창 의사도 일본말을 쓰고 일본인 행세를 해서 감쪽같이 속였다. 하오리에 게다를 신고 다녀서 동포들에게 쫓겨나기도 했다. 같은 동지들도 일본인이라며 불쾌해했다고 한다.

그게 김구 선생이 일하는 방식이라고 했다. 독립군들은 자신의 임무만 알고 다른 당원들은 누가 무슨 특명을 받았는지 모른다고 했다. 거사 후에 아버지는 그런 줄 알았더라면 이봉창 의사를 좀 더 따뜻하게 대했을 텐데 그러지 못했다며 후회하기도 했다.

'야채 장수 아저씨는 공근이 아저씨 집에 방을 얻어 살면서 조선인들과 어울린다고 했는데…… 스파이였나?'

안공근은 의병 대장 안중근의 동생이었다. 독립운동가 집안답게 그의 집은 독립군들의 은신처였다. 이런 사실을 조선인들은 암암리에 다 알고 있었다.

'채소 장수 아저씨가 누구인지 밝혀야 한다.'

그런 생각을 하는 사이에 채소 장수 아저씨는 재빠르게 눈앞에서 사라져 버렸다.

승기가 미치코네 식구들을 따라 입장하고 나서 두리번거렸지만 사람들 틈에 섞여서 보이지 않았다.

"스키짱! 같이 가."

미치코가 다정하게 불렀다.

목격자 중국 아이, 진쉐

진쉐는 가지 않겠다고 버텼다.

"이만한 구경거리가 또 있는 줄 알아? 놓치면 두고두고 후회할 건데?"

아버지는 아이처럼 졸라댔다.

"혹시 친구들을 만나기라도 하면 어떻게 하라고요?"

"그럼, 아빠 일하는 데 따라왔다고 해."

아버지는 아들이 꼭 봐야 할 귀한 장면이라고 생각했다.

진쉐는 열세 살이면 조국을 생각할 나이라고 생각했다. 상하이를 점령한 일본이 승전 잔치를 한다는데 거길 가는 것은 자존심도 없는 행동이었다. 더욱이 하고 많은 곳 중에서 왜 하필 홍커우 공원에서 그런 행사를 하냐 말이다. 그곳은 진쉐뿐 아니라 많은 중국인들이 아끼고 자랑스러워하는 곳이었다. 진쒜 할아버지만 해도 아침마다 친구들과 함께 건강 체조를 하러 갔다. 할머니는 오후에 나가 춤을 추었다. 진쒜도 굴렁쇠를 굴리거나 가족들과 산책을 하곤 했다. 나무들이 우거져 아름다운 공원 숲은 걷기만 해도 마음이 차분하게 가라앉고 힘이 났다.

'전쟁 승리 기념식에다 일왕 생일잔치까지?'

진쒜는 평소 조선 아이들을 일본에 쫓겨나 나라 없이 떠돈다며 업신여겼다. 그런데 상하이가 일본 손아귀에 넘어가고, 신문기자인 아버지가 일본인에게 아부하는 모습을 볼 때마다 민망했다.

아버지는 진쒜에게 영어 공부를 유난히 심하게 시켰다. 진쒜를 미국으로 보내 공부시킬 생각까지 하고 있었다. 은연중에 나라를 떠날 계획을 세우는 것 같았다. 진쒜는 조선 아이들처럼 자기도 나라를 잃고 떠돌지도 모른다는 불안감이 들었다.

"미치코가 올 텐데."

결국 진쒜는 아버지를 따라나서고 말았다. 미치코를 만날 생각도 있지만 오늘 기념식에 분한 마음이 더 컸다.

공원으로 가는 길에는 일본인들이 물밀 듯 밀려들었다.

"상하이에 일본인들이 이렇게나 많았어요?"

"이게 일본의 힘이다. 날로 커져서 막을 수가 없지. 조선, 만주, 연해주, 그리고 상하이까지 일본 손아귀에 들어가고 말았어. 그러니 일본인 눈에 거슬렸다가는 밥도 못 벌어먹는다."

아버지는 자신의 선택이 어쩔 수 없다는 듯 변명을 했다.

아버지는 요즘 일본의 침략을 정당화하고 일본을 선전하는 기사를 쓰고 있다. 오늘도 카메라를 목에 걸고 사진을 찍으며 윗사람의 입맛에 맞는 기사를 써 낼 것이다.

"미치코다!"

진쉐는 사람들 틈에서 미치코네 식구들을 보았다.

아버지는 미치코 아버지와 악수를 했다. 미치코 엄마도 안면이 있는 아버지에게 인사를 했다.

"기념식 마치고 도시락 같이 먹어요."

친절하게 도시락이 들어 있는 소풍 가방을 들어 보였다.

비싸서 자주 먹을 수 없는, 맛있는 일본 음식을 좋아하는 진쉐는 꿀꺽 군침이 넘어갔다. 나중에 미치코와 같이 점심을 먹을 생각을 하니 기분이 좋아졌다.

그러나 상하이를 빼앗긴 중국인으로서 적의 잔치에 축하

하러 온 걸 누가 보기라도 할까 봐 조바심이 났다. 아버지 옆에 바짝 붙어 걸었다.

"엇? 가오리빵즈! 웬일이지?"

사람들 틈에 끼어 있는 승기를 보았다. 진쉐는 얼결에 터져 나온 말을 아버지가 들었을까 봐 눈치를 살폈다. 다행히 아버지는 듣지 못한 듯했다.

진쉐 아버지는 입버릇처럼 영어를 잘해야 성공할 수 있다고 말했다. 아닌 게 아니라 상하이에는 프랑스, 러시아, 미국인 등 세계 각지의 사람들이 와서 사업을 벌였다. 일을 하려면 의사소통이 되어야만 했다.

승기는 진쉐나 미치코보다 영어를 훨씬 잘했다. 혀 놀림이 어려운 r, l 발음과 입술을 섬세하게 사용해야 하는 프와브 발음도 잘해서 선생님한테 칭찬을 많이 받았다. 게다가 미치코와 단짝이었다. 진쉐는 그런 승기가 보기 싫었다. 다른 이유도 있었다.

작년에 조선에서 일어난 '만보산 사건'으로 작은 할아버지 댁이 화를 당했다. 그 후로 진쉐는 승기를 놀리느라 걸핏하면 '가오리빵즈'라고 욕을 했다. 가오리빵즈란 말은 어른들로부터 전해 오는 조선인들을 비웃는 욕이었다. 잔꾀 많은 왜놈 앞잡이가 되어 이용당한다는 뜻이었다. 아버지는 그런 말을 조선인들에게 사용하는 사람들을 상식이 없다면서 싫어했다.

아버지가 아무리 타일러도 승기와는 좋은 친구가 될 수 없었다. 남의 나라에 와 살면서도 당당한 승기가 눈꼴시었다. 얕잡아보고 무시하는 뜻으로 서슴치 않고 욕을 내뱉었다.

승기는 그 욕을 치욕적으로 생각했다. 그 말의 유래를 인정하지 않았다. 날카로운 눈빛으로 맞받아치다가 자기도 질세라 진쉐에게 '짱꼴라'라고 빈정거렸다. 그러면 기어이 한판 붙고 말았다.

얼마 전에는 아버지가 신문에 쓴 기사가 빌미가 되었다.

아버지뿐만 아니라 많은 기자들이 앞다투어 일본 천황의 생일을 축하하는 기사를 썼다. 그런 기사는 신문 사설에도 많이 나와 있었다.

> 천황 폐하의 생신을 맞아 모든 신하와 백성이 경축하지 않고는 견딜 수 없다. 천황 폐하께서 옥체가 건강하시니 실로 황공하고 경하할 뿐이다. 앞으로 충성과 의를 다하여 일념으로 천황 폐하와 일본 제국에 보답하겠다.

그걸 읽은 승기가 비웃었다.

"왜놈들 개노릇 하니 좋냐? 부끄러운 줄 알아야지."

식당에서 어른들에게 주워들은 말투였다. 조선인들은 상하이 사변에서 중국이 이겨 주기를 기대했다. 대항하기 힘든 일본과 대신 싸워 주니 좋아했다. 그러나 중국은 이기지 못했고 일본군을 내쫓지 못했다.

"뭐? 이게 감히 어디서 우리 아버지를 모욕해?"

진쉐는 얼굴이 벌겋게 달아올라 승기의 멱살을 잡았다.

"너희 조선인들은 독립운동도 제대로 못하는 주제에?"

상하이에는 많은 조선인들과 조선 독립운동가들이 있었지만 그들의 활동은 미미하다고 했다. 물론 아버지에게 주워들은 정보였다.

"생일잔치에 가서 춤이라도 추시겠네?"

승기는 조금도 기 죽지 않고 이죽거렸다.

"남의 나라에 와서 사는 주제에 까불고 있어."

둘은 서로의 가슴을 콕콕 찔러댔다. 기어이 진쉐는 승기에게 주먹을 날렸다. 둘이 엉겨 붙어 한참 엎치락뒤치락하는데 선생님이 교실에 들어왔다. 미국인 선생님은 두 사람을 딱하다는 눈길로 보며 '더 세임, 세임'이라고 했다.

'뭐가 같다는 거지?'

아마 일본에 비한다면 중국이나 조선이 힘을 못 쓴다는 말이겠지. 싸움은 끝났지만 승기는 분노로 씩씩댔다.

진쒜는 왜 승기가 불만을 가지는지 알고 있다. 하지만 아버지도 그런 기사를 쓸 수밖에 없는 까닭이 있다.

얼마 전 이봉창이라는 조선인이 일본 천황에게 폭탄을 던진 사건이 있었다.

이봉창, 일본 천황 저격!
불행히도 폭탄이 명중하지 못해…

대부분의 신문사들이 기사 제목을 이렇게 썼다.

'불행히도'라는 이 단어가 문제였다. 그 속에는 거사가 성공하지 못했음을 안타까워하는 마음이 숨어 있었다. 조선인들은 희생정신이 강하고 놀라운 민족이라며 격려가 쏟아졌다. 조선인에 대한 중국인들의 태도가 달라진 것이다.

이걸 보고 일본이 곱게 넘어갈 리 없었다. 그 기사를 트집 잡아서 기자들이 조선 편을 들었다며 잡아들이고 신문사들을 폐간했다. 하마터면 아버지도 그런 일을 당할 뻔했다.

아버지도 처음에는 중국인들의 저항과 조선인들의 독립운동을 우호적으로 썼다. 그러다 일본 경찰에 잡혀가서 사상을 심문 받았다. 그 후로 일본의 침략을 정당화하거나 찬양하는 기사를 쓰는 쪽으로 바뀌었다. 더 이상 조선인들을 격려하는 기사를 쓸 수 없게 된 것이다. 일본에 항거하던 중국 사람들도 차츰 일본 편을 들거나 일본인 앞에 줄을 서기 시작했다.

그런데 지금 그 승기가 미치코네 식구들 옆에 줄을 서 있다!

'왜? 가오리빵즈 주제에? 일왕 생일잔치에 올 이유가 없는데? 미치코랑 놀러가는 거야? 자존심도 없는 것.'

진쉐는 입을 삐죽거렸다.

아버지는 신분증을 보이고 일본 경찰들과 인사를 나누었다.

"아들놈이 영광스러운 천황 폐하의 생일을 같이 축하하고 싶다고 해서. 흐흐."

아버지는 너스레를 떨며 아부했다.

진쉐는 떨떠름한 얼굴로 못 들은 척했다.

"좋아, 좋아."

경찰 간부가 흡족해하며 진쉐의 등을 토닥거렸다.

"하이, 미스터 장."

"하이, 제임스."

〈뉴욕 포스트〉와 〈런던 타임스〉에서 나온 외국인 기자들도 아버지와 인사를 나누었다. 진쉐는 그들과 대등하게 일하는 아버지가 자랑스러웠다. 외국 내빈들도 속속 도착했다. 오늘 행사가 세계적인 행사라는 걸 알 수 있었다.

진쉐는 다시 눈으로 승기를 좇았다. 승기는 누군가를 흘깃거리며 쳐다보았다.

'저 사람은 누구일까?'

진쉐가 쳐다보는 줄도 모르고 승기는 어떤 신사를 관찰하고 있었다. 양복을 잘 차려입은 신사는 딱 봐도 아주 인상 깊었다. 모르긴 해도 떠들썩한 잔칫집에 놀러온 표정은 아니었다. 절도 있는 행동과 품위 있는 걸음으로 사라졌다.

　　'너, 조선 놈이 여기 왜 온 거야?'

　　승기에게 만약 큰 소리로 묻기라도 하면 다들 돌아볼 것이다.

　　'넌, 중국 놈이 여기 왜 온 거야?'

　　께름칙하기는 진쉐도 마찬가지였다.

채소 장수 아저씨

승기는 미치코네 가족을 뒤따라 걸었다.

공원 안에는 붉은 매화꽃이 활짝 피어 흥을 돋우었다. 연못가에 줄지어 선 수양버들은 바람이 불 때마다 늘어진 가지를 흔들며 사람들을 설레게 했다.

사람들은 공원 사이의 숲길을 따라서 물줄기처럼 한 곳으로 흘러들었다. 모여든 일본인들을 보니 일본의 세력이 얼마나 어마어마한지 실감되었다.

기념식 단상 위에는 커다란 일장기 두 개가 어긋나게 세워져 있는데, 바람에 위압적으로 펄럭거렸다. 일본인 귀빈들이 단상 위로 올라갔다. 그들은 중국 침략에 앞장선 군과 정계에서 높은 자리를 차지한 인물들이었다. 그들은 모자를 쓰고 양쪽 어깨에는 화려한 견장과 가슴에 번쩍거리는 훈장을 가득 달았다. 몰려든 사람들을 거만하게 내려다보았다. 식장 주변에는 보병과 기병들이 둘러싸고 있다. 군중들은 행사가 시작되기를 기다렸다.

10시가 되자 사열식이 거행되었다. 일본인들은 준비해 온 일장기를 흔들어대며 환호성을 질렀다.

진쒜는 아버지를 따라 단상 앞에 자리를 잡았다. 옆 사람들 눈치를 보며 따라서 일장기를 흔드는 척했다. 아버지는 사진을 찍고 사람들을 만나 인터뷰하느라 바빴다. 일본인들은 상하이가 자기네 나라라도 된 것처럼 기뻐했다.

'남의 나라를 빼앗고 승전 기념식과 생일잔치까지 여기서 하다니! 다른 나라 사람들은 피눈물을 흘리고 있는데.'

진쒜는 못마땅해서 얼굴을 찡그렸다. 조선인들이 고생하는 것도, 일본인들이 잘난 척하는 것도, 그 사이에 낀 중국인들도 다 마음에 들지 않았다.

잠시 후 기념식장을 정리하고 생일축하 행사를 시작했다. 무라이 총영사가 축사를 하자 각 나라 신문기자들이 무대 근처로 다가가 사진을 찍어댔다. 뒤이어 일본 국가가 울려 퍼지고 일본인들이 모두 일어서서 합창을 시작했다. 승기는 누군가를 찾아 두리번대고 있었다.

그때였다. 뒤쪽에 있던 채소 장수 아저씨가 앞쪽으로 성큼 성큼 다가갔다. 그는 행사를 지켜보다 무슨 볼일이 있는 사람처럼 곧장 앞으로 나아갔다. 사람들은 아무도 제지하지 않았다. 점점 가까워지더니 아예 단상 몇 걸음 앞까지 갔다.

"천대 만대로 바위가 깎여 돌멩이가 될 때까지……."

일본인들이 천황을 찬양하며 국가를 부르는 동안 그가 단상 앞 5미터 앞까지 다가갔다. 군인들이 말리러 들어올 새도 없었다. 사람들은 못마땅했지만 그저 지켜볼 뿐이었다. 일본 국가 연주가 거의 끝날 무렵 스피커에서 잡음이 삑삑거렸다. 군중들이 인상을 쓰며 잠시 머뭇했다.

그 순간, 그가 앞으로 튀어 나갔다. 그러고는 머리 위로 팔을 휘두르며 뭔가를 단상 위로 던졌다. 순식간에 일어난 일이어서 아무도 예측할 수 없었고 막을 수도 없었다.

승기는 그를 알아보았다. 채소 장수 아저씨가 평소와 어울리지 않는 차림으로 와서 일거수일투족을 지켜보던 중이었다. 심장이 마구 쿵쿵 뛰었다. 온몸의 피가 거꾸로 치솟는 것 같았다.

아저씨가 어깨에 멘 물통 덮개를 벗겨 안전핀을 뽑고, 사람들을 헤치고 앞으로 나가 단상 위로 폭탄을 던졌다!

그와 거의 동시에 단상 앞에 있던 일본군이 고함을 쳤다.

"앗! 위험하다!"

일본군이 아저씨를 땅바닥에 거꾸러뜨렸다. 그러나 이미 아저씨가 던진 물통은 단상 중앙으로 날아가 불꽃이 터지면서 요란하게 폭발했다.

콰콰광, 콰콰광!

폭탄은 정확하게 일본 요인들 앞에서 터졌고, 단상 위는 이내 아수라장이 되었다. 일본군 총사령관과 공사와 주요 인물들이 비명을 지르며 쓰러졌다. 단상 아래 있던 일본인들이 이리저리 뛰어다녔다.

"사람 살려!"

"사령관님이 다쳤다! 빨리 옮겨!"

여기저기서 비명소리가 쏟아져 나오고 일본 군인들이 단상 위 사람들을 구조하느라 분주하게 오갔다. 일본 군중들도 삽시간에 벌어진 사태에 충격을 받고 저마다 우왕좌왕하며 어쩔 줄을 몰랐다.

"조선은 독립국가요, 우리 민족에게 국권과 자유를 주시오!"

아저씨는 마지막 힘을 쥐어짜며 외쳤다. 그가 외치는

소리는 소란에 묻혀 들리지 않았지만
승기는 그렇게 들었다.

그는 도시락을 꺼내려 했다. 아마
그것도 폭탄이어서 자결하려는 것
같았다. 하지만 곧 일본 헌병에게
붙잡혀 시간을 놓치고 말았다.
일본군들이 달려들어 아저씨를
땅바닥에 내동댕이쳤다. 무수한
발길질이 이어졌다. 이내 그의
옷이 찢기고 얼굴부터 허리
까지 붉은 피가 흘러내렸다.
옷소매 사이로도 연신 피가
흘러나왔다.

승기는 얼이 빠졌다. 온몸이 얼어붙어서 꼼짝도 할 수 없
는데 가슴은 활활 불타오르고 얼굴에서 눈물이 마구 쏟아졌
다. 두 주먹을 불끈 쥐고 그 아저씨와 함께 마음속으로 외
쳤다.

'만세! 만세! 대한 독립 만세!'

진쉐는 미친 듯이 아버지를 부르며 찾았다.

아버지가 단상 가까이에서 사진을 찍고 있어서 파편에 맞았을까 걱정이 되었다. 단상 쪽으로 가 보려는데 군인들이 막았다. 삽시간에 기념식은 중단되었고 부상자들은 병원으로 이송되었다.

쓰러진 신사는 군인에게 잡혀서 끌려갔다. 군용 지프차가 나타나 그 사람을 짐짝처럼 뒷좌석에 구겨 넣었다. 단정한 양복을 차려입은 과묵한 그의 모습은 온데간데없었다.

진쉐는 순식간에 일어난 일들을 끝까지 다 지켜보았다. 그가 승기가 쳐다보던 사람이라는 걸 알아보았다. 뭔가 비밀이 있는 것 같았다. 아버지는 취재하느라 신사가 탄 차를 따라갔는지 요인들을 따라 병원으로 갔는지 보이지 않았다.

"저리 비켜, 저리 가!"

일본군들이 진쉐를 쫓아냈다. 진쉐는 먼발치에서 승기를 보았다. 승기는 부를 사이도 없이 엉망진창이 된 몰골로 지프차를 따라 달렸다.

진쉐는 흥분을 가라앉힐 수 없었다. 눈앞에서 그 신사가 튀어 나오고 폭탄이 터지고 그가 외치던 소리, 그의 피맺힌 절규, 얻어맞아 의식을 잃고 끌려가던 모습이 되살아났다.

'그런데 승기는 뭐야? 그 자리에 왜 있었던 거야?'

그제야 미치코는 어찌 되었나 생각이 났다. 일본 사람들도 뿔뿔이 흩어지고 보이지 않았다.

동네에 오니 곳곳에서 사람들이 술렁거렸다. 폭탄을 던진 이가 중국인이라는 소문이 돌았다. 자세한 내막을 알 수 없어 궁금해하는데 점심때가 지나서 각 신문사에서 호외를 발행했다. 진쉐도 한 장 받았다.

훙커우 공원에서 기념식을 하던 일본인들 단상에 큰 폭탄이 터져 여러 사람이 죽고 다쳤다는 내용이었다. 폭탄을 던진 이는 일본인에 항거하는 중국인으로 보인다고 했다.

진쉐는 뭔가 뜨거운 것이 가슴을 치밀어 올라왔다. 온몸이 부들부들 떨렸다. 그 사람이 중국인이 아니라는 것은 너무나 분명했다. 그는 조선인이었다!

집에 온 진쉐는 밤 늦게까지 아버지를 기다렸다.

피곤한 모습으로 돌아온 아버지는 몹시 지쳐 있었다. 아버지는 진쉐가 별일 없이 집으로 돌아갈 것으로 믿었다고 했다. 그래서 끝까지 남아 상황을 알아보고 기사를 작성하여 넘기고 오는 길이라고 했다.

"이제껏 이런 기사를 기다려 왔다."

아버지는 커다란 물고기를 낚은 어부처럼 들떴다.

"그 사람 알고 보니 조선인이란다."

아버지가 말했다. 눈빛은 아직도 오늘 사건에 사로잡혀 있었다.

"전 이미 조선인인 줄 알고 있었어요."

아버지가 깜짝 놀라 진쉐를 보았다.

"그 사람을 본 적 있냐?"

"그건 아니지만. 그런 분위기였어요. 그렇게 소문이 난 까닭은 당연히 중국인이 그 일을 해야 한다고 생각했기 때문이겠지요."

진쉐는 어물쩍 넘어갔다. 하마터면 승기 이름이 나올 뻔했다.

"그럴 수도. 일본이 상하이를 점령한 전쟁 승리 기념식이니 중국인이 저항해야 타당하지. 조선인이 대신 나서서 응징했다니 그게 더 놀라운 거야."

오늘 공원에는 일본군이 1만 명, 일본 거류민만 1만 명이 넘어 외국인들까지 합치면 거의 3만 명에 가까운 인파가 모여들었다고 한다. 단상 위에는 시라카와 상하이 파견군 사령관과 해군 총사령관인 노무라, 우에다 중장, 중화민국 공사 시게미스, 일본 거류민 단장 가와바타, 상하이 총영사

무라이 같은 거물들이 있었다. 폭탄은 그들에게 명중했고, 몇 사람은 죽었고 몇 사람은 부상을 당했다.

"그 사람 조선 독립군이에요?"

"날이 밝으면 더 자세히 밝혀질 거야. 일본 경찰이 배후 세력으로 짐작되는 조선 임시정부 요인들과 독립운동하는 사람들을 잡아들일 것이다."

아버지는 그 조선인에 대한 취재를 맡았다고 했다.

진쉐는 아버지의 굳은 표정을 보고는 속마음을 짐작할 수 없었다. 아버지가 어느 쪽에 설 것인가? 요즘 오락가락하는 아버지를 보면 박쥐 이야기가 떠올랐다.

새들과 땅위 짐승들의 싸움이 났다. 새들이 이기자 박쥐는 날개를 펄럭이며 나무 위로 날아가 새 편에 섰다. 이번에는 땅위의 짐승이 우세했다. 그러자 박쥐는 날개를 접고 발로 종종거리며 땅위로 갔다. 땅위 짐승들이 넌 새잖아? 날짐승들 편이었잖아?라며 따졌다. 박쥐는 시치미를 뗐다.

"우리 조상은 원래 쥐였어. 내 이름도 박쥐잖아."

그러나 길짐승들은 박쥐를 몰아냈다. 박쥐는 새들에게 다시 갔지만 역시 쫓겨났다. 넌 쥐라며?

아버지도 그런 박쥐 기자가 아니었으면 한다. 학교에서

배운 정의, 그런 정의의 편에 서는 기자가 되기는 정말 어려운 걸까?

"대단해요! 감히 일본 제국에 항거하다니! 조선인들을 새로 봐야겠지요?"

진쉐는 아버지에게 물었지만 그 말은 자신에게 하는 말이었다.

"네가 제법이구나. 다들 상상도 못한 일이라 더 놀랐지. 그런데 이 힘이 어디까지 가느냐에 달려 있다. 성냥불처럼 사그라져 버릴지 도화선이 되어 타오를지……."

아버지도 인정하는 것 같았다. 진쉐는 마음이 놓였다. 무조건 일본 편에서 그를 몰아붙이지는 않을 것 같았다.

"승기가……."

진쉐는 뭔가를 더 말하려다 그만두었다.

그 조선인이 승기와 관련이 있다고 짐작했다. 상하이에는 조선의 임시정부가 있고 독립운동을 하는 사람들이 많았다. 그래서 승기도 자신이 독립투사라도 되는 것처럼 으스대곤 했다.

진쉐는 잠자리에 누워서도 그 조선인의 모습이 떠올랐다. 어느새 그는 진쉐의 영웅이 되어 있었다. 이상한 것은 그 조선인과 승기가 자꾸 겹쳐 보인다는 거였다.

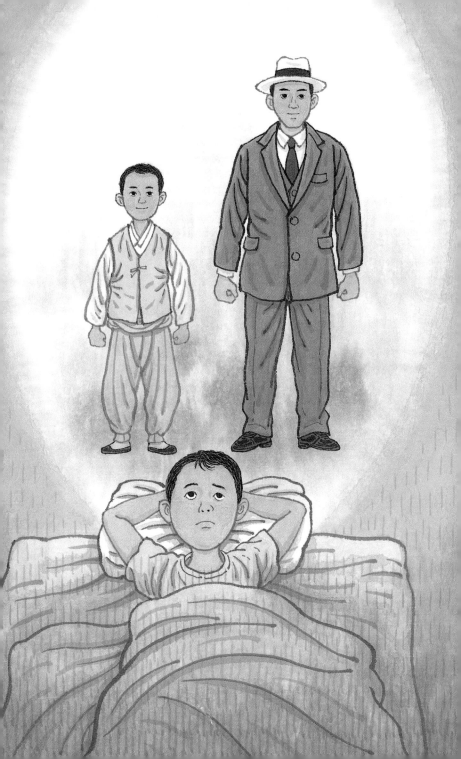

미치코의 오해

　승기는 세상이 달라 보였다. 자신이 무슨 큰일을 해낸 것처럼 처졌던 어깨가 올라가고 의기양양해졌다.

　동포들은 놀라운 소식을 듣고 승기네 식당에 모여들었다. 식당은 동포들에게 사랑방과도 같았다. 고향 소식도 듣고 세상 돌아가는 이야기도 나누었다. 좋은 일이나 슬픈 일이 있을 때 모여들어 서로 위로하고 기쁨을 나누었다. 승기는 집으로 올라가기 전 가게에 드나들며 심부름도 하고 어른들이 나누는 이야기를 귀동냥하곤 했다. 조국에 대한 이야기의 대부분은 여기서 얻어들은 것들이었다.

　사람들은 홍커우 공원에서 일어난 사건이 성공한 것을 기뻐하기도 하고 채소 장수 아저씨를 걱정하며 눈물을 글썽거리기도 했다.

승기도 채소 장수에 대한 온갖 소문과 억측이 나돌 때 마음이 조마조마했었다. 그분이 조선에서 온 선비라는 것이 확실해지면서 눈물을 흘리며 기뻐했다. 그분의 희생으로 조선이라는 나라의 존재가 살아났고, 조선의 국민이라는 것이 자랑스러웠다. 자신이 꿈꾸던 것, 바라던 것이 무엇인지 비로소 알게 된 기분이었다.

그때 한 아저씨가 뛰어 들어왔다.

"이럴 때가 아니요. 빨리 피해요. 일본 경찰들이 주모자를 찾는다고 혈안이 돼서 조선인을 마구 잡아가요."

사람들은 놀라서 허둥지둥 흩어졌다. 거리는 공포 분위기에 휩싸였다. 사복을 입은 일본 경찰들이 미친개처럼 조선인들을 잡으러 다녔다.

상하이에 사는 조선인들은 평소에는 평범한 사람들이었다. 공장에 다니거나 장사를 하거나 막노동을 하며 어렵게 살았다. 그러면서도 그들은 얼마간의 독립 자금을 내고 있었다. 불운한 조국을 잊지 않았던 것이다. 일테면 이번 일에도 누군가가 함께 기획하고, 폭탄을 제조하고, 뒷바라지를 해 주었을 것이다. 어떤 일이 생기면 그들은 한마음으로 뭉쳐서 자신이 해야 할 일을 찾아냈다. 조국의 독립을 위한 일이라면 물불을 가리지 않았다.

식당에 드나들던 조선인들의 발길이 뚝 끊겼다. 몸조심을 하느라 보이지 않았다. 어머니가 걱정을 하는데 미치코 아버지가 가게 안으로 들어섰다. 할 말이 많은지 볼이 잔뜩 부었다.

아버지는 불길한 생각에 허리를 구십 도로 굽히고 인사를 했다. 어머니도 달려 나와 인사를 했다.

"집세 내는 날도 아닌데 무슨 일이지?"

혼잣말로 중얼거려서 승기만 알아들었다.

"에, 또, 이 달 내로 가게를 비우시오."

"예? 갑자기 무슨 일로?"

부모님 얼굴이 마른하늘에 날벼락을 맞은 표정이다.

"무슨 일 필요 없고, 앞으로 당신네들 같은 조센징들과는 거래를 하지 않을 생각이오. 꼴도 보기 싫어. 일본 사람은 일본 사람끼리 살아야지 괜히 조센징들 사정 봐주다가 불벼락을 맞고 말이야. 무서워서 어디 살겠어? 아무튼 그렇게 알고 준비하시오."

"아니, 우리가 뭘 어쨌다고? 일방적으로 이러시면 안 되지요? 그렇게 감정적으로 처리하실 문제가 아닙니다."

사태를 파악한 아버지가 가만히 당할 수 없다는 듯 말했다.

"에, 또, 이집 아들 스키, 다시는 우리 미치코 근처에 얼씬도 하지 말게 하시오. 분수를 알아야지. 어디다 대고 감히."

미치코 아버지는 자기 할 말만 내던지고는 침을 칵 뱉고 나가 버렸다.

"세상에, 막무가내로 엄포를 놓네. 우리 사정을 봐준 게 뭐가 있다고?"

어머니 얼굴에 근심이 그득했다.

"화풀이할 데가 없구만. 이번에 조선인들이 그렇게 만만하지 않다는 걸 알았을 텐데 정신을 못 차리네."

아버지는 담배를 피워 물었다. 승기는 문 뒤에 숨어서 미치코 아버지가 하는 꼴을 지켜보았다. 이번 사건으로 충격을 받고 조선인들을 무서워하는 것 같았다. 그동안 거짓으로 친절한 척해 왔는데 이제는 노골적으로 속마음을 드러냈다.

'상하이가 자기네 땅인가? 마음대로 쫓고 말고 하게?'

승기는 미치코를 떠올렸다. 그 애는 자기 아버지와 달랐다. 남을 존중할 줄 알고 진실했다. 다행히 영어 교습소로 가는 길에 미치코를 만났다. 반가워서 먼저 말을 걸었다.

"미치코, 많이 놀랐지?"

"괜찮아, 놀라긴 했지만. 잔인한 폭도는 곧 처벌 받을 거래."

미치코는 눈길도 주지 않은 채 새치름하게 말했다. 입을 삐죽거리며 두 눈에는 성난 빛이 가득했다.

"……."

의외의 반응에 승기는 당황했다.

미치코가 이번 사건으로 일본인들의 잘못을 깨닫고 미안해할 줄 알았다. 어른들처럼 생각할 줄은 몰랐다. 평소 승기 편을 들어주었고 따뜻하게 대해 주었던 만큼 이번 일로 일본이 깨달을 게 있다고 할 줄 알았다.

"어떻게 그런 말을 해? 어른들은 그렇더라도 우리는 올바른 것이 무엇인지 알아야지."

"생일잔치에서 폭탄을 던졌다고. 선물치고는 너무 심해."

미치코는 걸음을 멈추고 멸시하는 눈길을 보냈다.

"그건 너희가 우리나라를 빼앗았기 때문이야. 조선인들을 쫓아내고 이제 상하이까지 침략했잖아?"

승기는 답답해서 가슴이 터질 것 같았다.

"우리나라 사람들이 많이 죽고 다쳤어. 큰 피해를 입었다고. 그리고 천황 폐하의 위엄을 전 세계에 드날릴 것이라고 했는데 웃음거리가 되고 말았어."

"우리 동포들은 죽고 다친 사람이 셀 수도 없이 많아."

승기는 안타까워서 목이 터져라 외쳤다. 두 사람의 목소리는 점점 커졌다. 마치 싸우는 것 같았다. 승기는 이렇게 싸우다가는 미치코와 원수가 되고 진짜 미치코 아버지한테 쫓겨날지도 모른다는 생각이 들었다. 그건 부모님을 곤란하게 하는 일이었다. 하지만 멈출 수가 없었다.

"신문 봤지? 일본은 억울한 일을 당했고 윤봉길은 폭도이자 가해자야!"

"그건 너희 나라 신문이 일방적으로 하는 말이지. 정당하게 제3자 입장에서 발행한 외국 신문들을 보라고."

승기는 미치코가 자기 부모와 조국인 일본을 떠나 객관적으로 승기와 조선을 이해해 줄 거라 믿었다. 그러나 지금 그 생각이 얼마나 단순하고 어리석었는지 깨달았다.

"조선은 결코 가해자가 될 수 없어. 우리는 나라를 빼앗겼고 국민들은 짓밟히고 있어도 권리를 주장하지 못해. 이런 상황에서 조선의 백성들이 살아 있다는 것을 온 세상에 알리고 나라를 되찾기를 원한다는 것을 온몸으로 외친 거야. 그 아저씨가."

승기는 목에 핏대가 솟고 얼굴이 벌겋게 달아올랐다.

"너 정말 무서운 아이구나. 말로 해야지 왜 폭력을 사용하느냐고?"

승기는 숨이 콱 막혔다.

미치코는 일본의 비난만 믿고 사건의 본질을 꿰뚫어보지 못하고 있다. 승기는 미치코를 설득해야 하는데 어떻게 해야 할지 몰라 소리만 고래고래 지르고 발을 굴렀다. 두 사람의 생각은 조금도 좁혀지지 않았다.

"말이 통하지 않으니까 온몸으로 알린 거야."

"우리도 이제 말이 통하지 않아. 난 그런 사람과는 친구할 수 없어."

미치코는 쌀쌀맞게 고개를 돌렸다.

이제껏 사건이 일어날 때마다 두 나라 민족들 사이에는 긴장감이 감돌았다. 하지만 아이인 승기와 미치코는 다정하게 지냈다. 진쉐가 승기를 놀릴 때도 미치코가 위로해 주었다. 조선과 일본이 친구처럼 사이좋게 지내는 날이 올 것이라고 했다.

"그럼 우리는 어떻게 되는 거야?"

승기는 잠시 멍했다.

　　일본은 조선을 삼키려 호시탐탐 노리고, 조선은 맞대응하려 죽을힘을 다해서 싸우는데 두 사람이 친구가 된다는 것 자체가 말이 안 되는 이야기였다. 하지만 같은 동네에서 살고, 같은 학원에서 공부를 하고, 옆자리에 앉아 수업 시간에 짝 활동을 하고, 날마다 보고 싶은데 친구가 아니면 뭐란 말인가?

　　"너하고 말 안 해. 다시는 아는 척 하지 마. 끝이야."

미치코는 눈썹 하나 까딱하지 않고 말했다.

"난 말해야 돼. 넌 진실을 알아야 한다고."

승기는 풀이 죽어서 머뭇거리며 말했다.

"너희, 왜 그래? 싸우는 줄 알겠어."

어느새 교습소에 다가왔을 때 진쉐와 마주쳤다. 진쉐는 두 사람 눈치를 보며 어른처럼 말했다.

"……."

"난 사실 조선도 일본도 좋아하지 않아. 내가 승기를 미워하는 데는 이유가 있어. 그런데 이번 사건을 보고는 놀랐어. 그 조선 신사가 어떤 사람인지, 왜 그런 일을

했는지 알아보고 싶어졌어. 우리가 이 일에 대해
서 같이 밝혀 보자. 친구가 될 수 있는지는 그때
생각해 보고."

의외의 제안에 승기와 미치코는 눈이 휘둥그레
졌다.

승기는 격한 감정싸움에서 조금 냉정해졌다.
원하는 바였다.

"내가 왜? 난 싫어."

미치코는 톡 쏘고는 가 버렸다.

수업이 시작되었다. 교실 분위기가 여느 때와 달랐다. 일
본 아이들은 창 쪽에 저희들끼리 붙어 앉아 있었다. 조선
아이들에게 전염병균이라도 붙은 것처럼 서로 눈길도 주지
않고 멀리 떨어졌다. 중국 아이들과 다른 나라 아이들은 조
선 아이들에게 윤봉길 사건에 대해 물어보기도 했다. 조선
아이들은 영웅의 무용담처럼 늘어놓았다. 승기는 조심스러
워서 말을 아꼈다.

미치코는 일본 아이들 쪽으로 가서 앉았다. 승기가 뭐라
할 새도 없었다. 승기도 조선인 아이 옆에 가서 앉았다.

교실 분위기를 파악한 선생님이 말을 꺼냈다.

"음, 상하이는 세계의 축소판이야. 여러 나라, 여러 민족들이 모여드니까. 너희가 영어를 배우면서 가져야 할 마음가짐이 있어. 영어를 배우는 건 너희 민족들 말고 세계의 다른 사람들과 대화하겠다는 거잖아?"

아이들은 고개를 끄덕였다.

"모국어 외에 다른 나라 언어가 필요한 이유는 다른 나라 사람들과 대화하고 같이 살 필요가 있기 때문이다. 그렇다면 다른 민족을 받아들이고 존중하는 마음을 가져야 해. 너희가 미국에 가도 여기 있는 사람들보다 더 많은 나라의 사람들을 만날 수 있어. 유럽이나 다른 곳에 가도 마찬가지야. 자기 민족만 잘났다고 고집한다면, 자기 민족끼리만 살 것이라면, 외국에 나오지 말고 자기 나라에서 살아야지. 그러나 이렇게 밖에 나왔다면 마음을 열어야 해. 앞으로 넓은 세상에 나갈 것이라면 더욱 그렇고."

미국인 선생님은 아이들에게 열변을 토했다.

승기는 선생님 말씀이 이해되었다. 쉬는 시간에 미치코에게 다가가 말을 걸며 서먹한 걸 풀려고 했지만 소용없었다. 수업 시간이 끝나고 미치코는 달아나듯 먼저 가 버렸다.

서로 다른 생각 때문에

승기는 집으로 가는 길이 외롭고 쓸쓸했다. 같이 다니던 미치코가 옆에 없어서만은 아니었다. 그분을 생각했다. 지금 그분은 많은 오해와 고통 속에 있을 것이다. 얼마나 외롭고 쓸쓸할까?

"오, 예쁜데? 이건 뭐야?"

골목에 아이들이 몰려 있었다.

"이러지 마, 제발!"

승기는 그냥 지나치려다 애처로운 목소리에 발걸음을 돌렸다. 일본 상급생들이 조선 여학생을 둘러싸고 있었다. 그 여학생은 오도 가도 못하고 잡혀서 조롱을 당하고 있었다. 그들은 여학생의 길게 땋은 머리를 잡아당기고 어깨와 엉덩이를 치며 놀렸다.

"누나, 집에 가자."

승기가 그들 사이에 들어가서 여학생의 손을 잡아끌었다.

"이게 누구야? 미치코 뒤를 졸졸 따라다니는 조센징 아니야?"

그들은 승기를 가로막으며 비웃었다.

"왜 그래요? 그냥 보내 주세요."

승기가 여학생의 팔을 잡아끌었지만, 그들은 앞을 가로막았다.

"조센징들은 용감하다지? 너희들이 비겁하게 우리한테 폭탄을 날렸어. 어디 한번 지나가 봐."

동시에 주먹과 발길질이 날아왔다. 승기는 고꾸라지고 말았다. 여학생도 그냥 있지 않았다. 자신의 가방으로 그들을 치고 물어뜯으며 달려들었다. 그 틈에 승기도 일어나 달려들었다. 하지만 혼자서 셋을 감당하기에는 무리였다. 승기는 바닥에 쓰러져서 무지막지하게 얻어맞았다. 마침 지나가는 어른들이 나타났다. 그러자 일본 상급생들은 슬금슬금 달아났다.

"나쁜 놈들! 괜찮니? 나 때문에 이렇게 다치고. 어떡해?"
여학생은 승기를 일으키고 얼굴에 묻은 피를 닦아 주었다.

승기는 입안이 터지고 턱이 얼얼했다. 배와 다리를 맞아서 온몸이 욱신거렸다.

"괜찮아, 누나. 얼른 집에 가."

"너도 빨리 가서 약 발라. 우리 엄마가 분위기 살벌하다고 밖에 나다니지 말라고 했는데, 괜히 학원 왔나 봐. 당분간 쉬어야 할 것 같아. 고맙다."

여학생은 한숨을 내쉬며 갔다.

승기는 부모님 몰래 집에 들어가서 씻고 약을 발랐다. 다리에 퍼런 멍이 나타나기 시작했다.

"너 얼굴이 왜 그러냐?"

어머니가 보고 말았다.

"별거 아니에요. 넘어졌어요."

적당히 얼버무렸지만 어머니는 이미 상황을 짐작했다.

"너 혹시 미치코 아버지한테 맞은 건 아니지?"

"왜 그런 얼토당토않은 말을 해요?"

"너, 미치코랑 어울리지 마라. 조선에는 남녀칠세부동석 이라는 말이 있다. 너희가 열세 살이면 남녀가 유별한 때 다."

"우린 친구예요."

"일본 사람은 믿을 수가 없어. 미치코 엄마는 안 그렇지만, 제 아버지를 보면 절대 안 돼. 돈독만 잔뜩 올라가지고."

"다들 남의 나라에서 살면서 그러면 어떻게 같이 살아요?"

"그러게 그만 돌아다녀. 지금 이 동네는 전쟁터나 마찬가지야. 왜놈들한테 걸리면 무슨 이유를 대서라도 쥐도 새도 모르게 끌고 간다니까."

어머니는 걱정이 많았다.

그 시간 미치코는 집으로 달려갔다. 가슴에는 의문이 부글부글 끓었다.

"파파, 우리나라 사람들이 조선인들을 괴롭혔나요?"

"왜? 누가 뭐라 하든?"

느닷없는 질문에 미치코 아버지는 화들짝 놀라서 주변을 둘러보았다.

"넌 우리 민족을 믿어야 한다. 이번에도 수모를 당하지 않았니?"

"그런데도 아이들이 은근히 조선인 편을 들어요. 그리고 그 사람이 무턱대고 그런 건 아니잖아요? 이유가 있을 거 아니어요?"

"조센징이 감히 우리 일본인에게 폭력을 휘둘렀는데 무슨 이유가 있냐? 너도 그날 잔치에서 봤잖니? 우리가 평화적으로 행사를 하는데 난데없이 폭탄이 날아와서 나라를 위해 큰일을 해 온 사람들이 죽고 다쳤잖아?"

미치코 아버지는 말하면서 다시 분개했다.

"파파, 우리는 공부도 하고 더 잘살기 위해 상하이에 왔어요. 그런데 스키네는 조선 독립을 위해서 왔대요. 왜 조선인들이 독립을 주장하는 거지요? 우리는 내선일체라고, 조선을 잘살게 해 주고 동일한 민족이라고 했잖아요? 이상하잖아요?"

미치코는 또박또박 물었다. 그동안 부모를 믿어 왔기에 하지 않았던 질문들이었다.

"그건 몇 사람들 생각이야. 우리는 일찍 개화를 하고 문명이 발달했지만 조선은 미개했어. 그래서 조선에 가서 잘살게 해 주려고 했어. 철도를 놓고, 공장을 짓고, 금광을 개발하고, 토지제도를 개혁하고 기술과 자본을 들여서 온갖 일을 해 주었어. 물론 투자한 거지. 그런데 그 은혜도 모르고 배은망덕한 짓을 하는구나."

"조선인들은 정말 나쁘네요. 나 같으면 고마워할 텐데요."

"그리고 너도 이제 다 컸다. 레이디 태가 나는데 그깟 조선 놈하고 어울리지 마라. 그놈 눈빛이 보통이 아니야. 성깔이 있어 보인단 말이야."

미치코 아버지는 승기를 험담했다.

"승기는 같이 공부하는 친구예요. 그 아이는 달라요."

"저런! 조센징들이 얼마나 위험한지 이번에 보고서도 그런 말을 해? 영어 교습소에 조센징들을 따로 분리시켜서 수업하라고 해야겠다."

"파파, 왜 아이들한테 그래요? 아이들이 아니라 어른들이 문제라고요."

미치코는 펄쩍 뛰었다.

"조센징들이 오해를 하니까 그러지. 얼마 전에 안중근이라는 자도 조선을 잘살게 해 준 조선통감 이토 히로부미 각하를 저격했잖냐. 그때도 안중근이 오해해서 그런 일을 일으켰다고 밝혀졌어."

"그건 이상하네요."

미치코는 아버지 말에서 모순을 찾아냈다.

"이 모든 일이 오해에서 일어났다고요? 한 번도 아니고 안중근, 이봉창, 이번에는 윤봉길까지, 일본을 오해하는 일이 거듭거듭 일어나나요?"

미치코는 이해가 되지 않아 따져 물었다.

"미치코, 우리는 조선과는 비교도 할 수 없이 강하고 힘 있는 나라다. 그래서 조선을 다스리고 만주, 이제 상하이까지 다스리려는 거지. 두 손 들어 환영하고 협조하는 사람들이 더 많아. 몇 명이 반대하는 것쯤은 무시해도 된다."

미치코는 아버지 설명을 들으면서 고개를 갸웃했다. 그때 외삼촌이 짐을 꾸려 들고 나왔다.

"난 일본이 힘이 세다고 해서 약한 나라에 들어가서 전쟁을 일으키는 데 반대다."

"내가 가지 말라고 했지? 넌 여기서 사업이나 해!"

미치코에게는 화를 내지 못하고 참고 있던 아버지가 고함을 내질렀다.

"난 오사카로 돌아갈 겁니다."

"쓸데없이 반전운동이니, 반제동맹이니 그런 짓을 해서 집안에 먹칠을 하기만 해봐. 이제 자리 잡고 살 만한데. 나라가 우리에게 기회를 줬다고!"

아버지와 외삼촌의 싸움으로 번지고 말았다.

미치코는 자리를 피하려고 일어섰다.

"미치코, 위험하니 밖에 나가지 마라. 당분간 교습소도 가지 말고. 네 방으로 가."

아버지가 고함을 쳤다. 미치코는 재빨리 자기 방으로 들어갔다. 아버지가 하는 말이나 행동은 앞뒤가 맞지 않았다.

간개지토

이해가 되지 않았다. 승기와 진쉐를 만나서 물어봐야겠다. 승기한테 섣불리 화를 낸 자신이 경솔했다는 걸 깨달았다.

다음 날 미치코는 아버지 몰래 집을 나왔다. 교습소 입구에서 진쉐와 승기를 기다렸다. 미치코를 본 진쉐가 먼저 반갑게 인사를 했다. 승기도 눈인사를 했다.

"몇 가지 물어볼게 있어서 왔어."

어제 그토록 단호하게 굴던 미치코가 아니었다.

"내가 파파한테서 중요한 걸 알아 왔어. 너희들, 일본이 조선에 얼마나 좋은 일을 많이 해 주었는지 알기나 해? 철도도 놓고, 길도 닦고, 간척사업도 해 줬어. 그래서 조선이 잘살게 되었대."

승기는 미치코 말에 크게 실망했다.

"맞아, 철도 놓았어. 그 철도로 우리나라의 쌀과 목화, 나무와 금, 철과 광물 등 모든 것을 부산, 군산, 목포 같은 항구로 실어 날랐어. 일본으로 가져간 거지. 또 그 철도로 학도병들이나 여자들까지도 전쟁터로 실어 날랐어. 대륙을 침략하기 위해서 군사와 물자를 실어 나른 거야. 땅은 개간해서 전부 일본인들이 가져갔어. 상업자본이 들어와서 조선인들은 일본인들의 종이 되었어. 더 말해 줘? 우리 할머니 할아버지도 땅을 빼앗기고 이곳으로 오신 거야. 많은 조선인들이 그랬어. 만주와 연해주로 갔다가 이곳저곳 불모지를 떠돌고 있어."

승기 목소리가 떨렸다. 북받쳐 오르는 설움을 참느라 입술을 꽉 깨물었다.

"……."

미치코 얼굴이 일그러졌다.

"그게 미치코 잘못은 아니잖아? 왜 미치코한테 그래?"

진쉐가 승기를 나무랐다.

"미안해. 어른들이 한 일을 우리가 바로 알아야 한다는 뜻이야."

승기가 감정을 추스르고 말했다.

"그럼, 안중근, 이봉창, 윤봉길이 일본을 오해했다는 데 그게 뭔지 너는 알아?"

미치코는 아버지에게 들은 말 중에 가장 이해가 되지 않았던 걸 물었다.

"그 사람들은 조선이 어엿한 한 나라이지 결코 일본에 흡수되거나 통합될 수 없다는 걸 말해 주었어. 어른들은 우리가 아무것도 모르는 줄 알지만 열다섯 살만 넘으면 전쟁터에 끌려가잖아. 이 사태가 끝나지 않으면 진쉐나 나도 곧 전쟁터로 갈지도 몰라. 우리도 나가서 그분들처럼 싸워야 한다고."

승기가 비장하게 말했다.

"너 그 사람 알지?"

진쉐가 승기를 보고 다짜고짜 물었다. 승기는 놀랐지만 당황하지 않고 차분하게 말했다.

"그 아저씨는 우리 동네에 살면서 채소를 팔던 분이야."

승기가 나지막하게 말했다. 승기는 그분에게 특별한 감정을 갖고 있었다. 앞으로 그가 당할 일들을 생각하면 가슴이 미어지는 듯했다.

"야채 장사를 했다고? 독립운동하는 사람이?"

진쉐가 의외라는 듯 물었다.

"나도 이상하게 생각했어. 그래서 아저씨에 대해서 좀 더 알아보고 있는 중이야."

승기가 대답했다.

"그 사람, 우리 엄마도 안대. 일본인 거리에 야채를 파는 척하면서 부인네들 인심도 얻고 일부러 정탐하러 왔던 거래. 일본 상황이 어떻게 돌아가는지 알아보려고 한 거지. 많은 일본 사람들이 생일잔치에 갈 거라는 것도 알아냈을 거야. 스파이인 줄은 꿈에도 생각하지 않았대."

미치코가 얼굴에 분을 품고 흥분했다.

"그럴 수도 있어. 그건 정당한 활동이야. 정보를 수집하며 큰 뜻을 펼치려고 기회를 엿보았겠지."

진쉐는 시원시원하게 말했다.

"누구 후원을 받은 것이 아니고 혼자서 생활비를 마련하면서 꾸준히 일을 했대. 모자 공장에도 다녔고 막노동도 했대. 요즘 정탐 활동이 필요하니까 야채 장사를 하면서 일본인들과 가깝게 지내려고 했을 수도 있어."

승기는 그가 열심히 일하는 사람이라는 걸 강조했다.

"마지막에는 그런 엄청난 일을 저질렀잖아? 우리 엄마는 그 사람을 건실한 청년이라고 좋아했는데 깜빡 속은 게 너무 분하대. 그러니 우리가 폭도라고 주장할 수밖에."

미치코는 은근히 고집을 꺾지 않았다.

"그건 조국과 민족을 위한 독립 활동이야. 그 아저씨는 폭도가 아니야! 선비라고. 나라를 구하려 했을 뿐이야."

승기는 폭도라는 말에 몸을 부르르 떨며 진저리를 쳤다. 두 눈에 눈물이 그렁그렁 차올랐다.

"솔직히 나도 놀랐어. 내 심장이 쿵 떨어지는 것 같은 충격이었어."

진쉐는 부드러운 말투로 속마음을 보여 주었다.

"난 그가 영웅이라고 생각해. 하지만 조선 선비가 왜 그렇게 자신을 희생하면서까지 말하고자 했는지 일본도 미치코도 깨닫지 못하는 것 같아. 일본이 그를 테러라고 주장하는 건 고민해 봐야 해."

승기는 진쉐가 왜 그런 말을 하는지 의아했다.

"그날 잠깐 보았지만, 그 아저씨 눈빛이 진실했어. 비장하기도 했고. 앞으로의 일은 불을 보듯 뻔해. 일본은 그를 테러리스트로 몰아갈 거야. 그 아저씨에 대해서 어떤 뉴스든 만들어 내서 비하할 거야."

진쉐는 뭔가 알고 있는 듯 말했다.

"왜 그렇게 말해? 서로 입장이 다르잖아?"

미치코가 진쉐의 말에 눈을 흘기며 쏘아붙였다.

"난 그 사건으로 놀라기는 했지만 중립이야. 조선도 일본도 다 싫어. 두 민족이 얽히고설켜서 싸우는 북새통에 우리 민족들까지 끼어서 고통을 당하고 있어. 그래서 난 너희 민족들이 다 나가줬으면 좋겠어. 내가 조선인들을 미워한다고 했지? 그래서 승기도 괴롭혔고."

"그래, 그 이유가 도대체 뭐야?"

"설명하려면 아주 복잡해. 간단하게 말하면 조선도 우리 중국인들에게 해를 가한 적이 있기 때문이야. 본의 아니긴 하지만."

"우리가 왜? 어떻게? 난 그런 사건에 대해 아는 게 없어."

승기는 처음 듣는 말이었다. 그럴 리가 없다며 눈을 부릅뜨고 물었다.

"증거도 보여 줄 수 있어. 수업 마치고 같이 우리 집에 가 보자."

진쉐가 진지하게 말했다.

"좋아."

승기가 한결 누그러진 태도로 말했다. 하지만 심장이 두 근거렸다.

"이건 우리들을 위해서야."

진쉐는 우리라는 말을 강조해서 말했다. 승기는 고개를 끄덕였다. 진쉐가 한결 의젓해 보였다.

조작된 사건

세 아이는 수업을 마치고 함께 진쉐네 집으로 향했다. 그런데 그만 길에서 미치코 아버지와 마주쳤고, 미치코는 아버지에게 힘없이 끌려가고 말았다.

진쉐는 그 뒷모습을 보고 말했다.

"차라리 잘됐어. 우리 집에 가도 마음만 상할 거야."

안타까워하는 승기를 진쉐가 말렸다. 진쉐는 어른처럼 말했다. 승기가 따라잡을 수 없을 만큼 이야기하는 범위가 넓고 컸다.

진쉐네 집에 도착하자 진쉐 할머니가 인자하게 맞아주었다. 둘은 공손하게 할머니에게 인사를 하고 서재로 갔다. 서재 벽은 책장으로 채워져 있었다. 책장마다 진귀한 책들이 가득 꽂혀 있고 군데군데 신문철이 쌓여 있었다. 신문기자의 서재다웠다. 진쉐가 신문철을 뒤적거렸다.

"이렇게 어려운 신문을 읽는 거야? 그래서 아는 게 많구나!"

승기는 입을 쩍 벌리고 감탄했다.

"처음부터 읽었겠니? 아버지 술책에 넘어갔지."

승기가 궁금하다는 눈빛을 보냈다.

"처음에는 내 책상에 작고 재미있는 기사를 하나 올려놓았어. 읽어 보니 재미있더라. 그랬더니 그 다음에는 두 개를 올려놓은 거야. 그래서 또 읽었지. 그때마다 선물도 주고 칭찬도 받았어. 그러다가 아예 신문이 통째로 올라왔더라. 거기서 읽기 쉬운 기사, 재미있는 기사, 광고 그렇게 찾아서 읽다 보니 나중에는 활자중독이 되었어."

진쉐는 순진하게 웃었다.

승기는 진쉐가 신문을 많이 읽어서 세상을 보는 눈이 넓고 시대감각이 빠르구나 생각했다.

"다른 이유도 있어. 난 나중에 미국이나 유럽에 특파원으로 나가 보고 싶어. 지금 상하이에도 외국 기자들이 많이 와 있잖아? 기자는 멋지게 차려입고, 신분증을 목에 걸고, 카메라를 들고 어디든 갈 수 있어. 중요한 기사를 써 내서 약자나 약한 나라를 도울 수도 있는 거지."

"난 나중에 부자가 되고 싶어. 사업을 해서 돈을 많이 벌 거야. 돈 벌면…… 그 다음은 비밀."

승기는 비밀임을 강조하려고 말을 아꼈다.

"내가 너를 취재해서 그 비밀을 세상에 밝혀야겠다. 하하하."

둘은 장난스럽게 웃었다.

"이건 내가 특별히 모아 둔 거야."

진쒜는 스크랩해 둔 것을 찾아서 내밀었다. 제목과 본문 곳곳에 붉은 줄이 그어져 있는 특별한 기사였다.

"만보산 사건? 이런 기사도 다 읽는 거야?"

승기가 물었다. 아버지와 어른들이 걱정하던 이야기를 어렴풋하게 들은 것이 기억났다. 하지만 자세한 내막은 몰랐다.

조선에서 토지를 빼앗기고 만주로 이주한 조선인들. 중국 길림성 만보산 근처에 살던 조선인들이 황무지를 개간하면서 수로를 만들게 되었다. 수로가 중국인 땅을 지나가게 되자 중국인들이 항의하며 공사를 중지하라고 했다.

일본은 조선 농민을 이용해 공사를 강행했다. 화가 난 중국인들이 제방을 파괴했고 경찰이 출동하여 중국과 일본 경찰의 설득으로 해산했다. 그 과정에서 조선 농민은 피해가 없고 중국 농민들은 부상자가 있었다.

"이것이 사건의 본질이야. 그런데 일본인 책임자가 신문 기자들을 불러 대대적으로 확대하여 거짓 기사를 내보냈어. 이 사건으로 수백 명의 조선 농민이 중국인에게 맞아 죽고 다쳤다고, 중국 군대가 조선인을 추방하려고 집단 학살을 한다고."

진쉐는 조선의 신문사에 실린 조작 기사를 보여 주었다. 긴급하게 호외로 작성된 기사도 여러 장 있었다.

"이 기사를 본 조선인들이 가만있었을까? 조선은 많은 국민이 만주로 이주했기 때문에 관심 있게 보고 있었거든."

그 다음 기사는 차마 입에 올릴 수가 없었다.

조선에서는 분노가 들끓었다. 조선에 있는 중국인들은 잘살고 있는데 조선인들이 중국인에게 그런 피해를 받고 있다니 억울했다. 그래서 인천, 평양, 서울에 살고 있는 중국인들에게 보복을 했다. 그 탓에 많은 중국인들이 죽고 다쳤으며 가옥이 불타는 등 막대한 피해를 입었다. 많은 중국인들이 터전을 잃고 중국으로 돌아갔다.

통계 자료와 사진을 본 승기는 숨이 막혀서 얼굴이 굳어졌다. 같은 민족으로서 부끄러워서 변명할 말을 찾을 수 없었다.

"어떻게 이런 일이……."

승기는 진쒜를 똑바로 쳐다볼 수가 없었다.

"그것도 일본의 전략 전술이거든. 중국인과 조선인 사이를 이간질해서 서로 미워하고 서로 싸우도록 했어. 그걸 이용해서 중국 땅을 차지하려 했던 거야. 가짜 뉴스를 믿고 조선인들이 속아넘어간 거야. 더욱이 친일파 조선인들을 동원해서 중국 사람의 집에 들어가 재물을 빼앗고 구타하는 일도 일어났어."

진쒜는 여러 가지 자료를 보여주며 설명했다.

상하이에서도 길거리에서 중국인과 조선인 노동자들 사이에 이따금씩 충돌이 생기곤 했다. 그 까닭을 이해할 수 있었다.

그 후에 정치인들과 지식인들이 이를 통탄하는 기사를

쓰고 나서서 말렸다. 그리고 곧 이 모든 게 일본인들의 농간이라는 것이 밝혀졌다. 하지만 상처는 쉽게 회복될 수 없을 만큼 컸다. 한동안 그런 내용의 기사들이 이어졌다.

승기는 얼굴이 붉으락푸르락 달아올라 신문에 새겨진 활자만 응시했다.

"그런데 이번에 홍커우 사건이 터지니까 중국인들이 조선인들을 다시 보았어. 오해가 풀린 것 같았어."

그때 초인종이 울렸다.

"누구지?"

진쉐가 나가더니 뜻밖에도 미치코와 함께 들어왔다.

"휴우, 파파가 일이 있어서 자리를 비운 사이에 도망쳤어. 난 겁쟁이가 아니야. 뭐든지 알아볼 거라고."

역시 미치코다. 눈이 초롱초롱 빛났다.

"스파이처럼 탈출했네."

진쉐가 놀리며 웃었다.

"자, 자, 신문으로 공부합시다."

아이들은 신문을 뒤적이며 코를 박고 작은 글씨들을 하나하나 읽어 나갔다. 미치코는 늘어놓은 몇 장의 신문기사들을 찬찬이 읽었다. 눈치 빠른 미치코는 신문 기사를 들여

다보더니 차츰 입을 다물었다.

"여기 신문을 보면 기자들이 이 사건의 진상 조사를 한 것이 나와."

진쉐는 기사 제목을 읽어 주며 말을 이어 갔다. 미치코는 가만히 듣기만 했다.

일본의 침략 음모, 모략, 과장 선전 확대!

"이 사건을 파헤치던 조선 특파원이 일본 관원에게 피살되고 행방불명되었어. 이 사건은 조선 농민과 중국 농민 간의 단순한 문제가 아니라는 것을 알고 국제 연맹에서 조사를 했어. 그 결과 조선 농민과 중국 농민의 싸움이 아니고 일본과 중국의 국가 문제로 결론을 내렸어. 그 보고서에는 이 사건이 전체적으로 과장되었다고 발표했어."

"우리 민족이 속았다고 해도 부끄러운 일을 했네."

승기가 겨우 말문을 열었다.

"그래서 신문에 바른 기사를 쓰는 게 중요한 거야. 조선인들이 자신들의 민족이 죽고 다쳤다니까 중국인들에게 보복 폭동을 일으킨 거잖아."

"진쉐, 미안하다. 내가 대신 사과할게."

승기가 진쉐에게 손을 내밀었다. 진쉐가 손을 내밀어 악수를 하면서 말했다.

"나도 너한테 좀 그랬잖아? 너희들이 우리나라에 살고 있으니 갚아 줘야 한다고 생각했어. 그래서 승기 너를 함부로 대하고 무시했어. 그럴 때 아버지가 신문 기사를 비교해 보면서 진실을 찾아보라고 하셨어. 신문의 영향이 얼마나 큰지 알았어. 난 개인이나 나라의 이익을 개입시키지 않고 바른 기사를 쓰는 기자가 될 거야."

"펜이 칼보다 강하다!"

승기가 수업 시간에 배운 영어 격언을 쓰자 진쉐가 하하 소리를 내며 웃었다.

"난 신문을 읽은 적이 없어. 어른들만 읽는 줄 알았지. 이 어려운 걸 읽어 내다니, 참 대단하다."

미치코도 진쉐를 칭찬했다.

"진쉐, 너를 친구라고 부르고 싶은데, 괜찮지?"

미치코는 얼굴이 붉어졌다. 만세보 사건의 전후 관계를 다 이해하게 되었다. 또 이봉창 사건의 내막도 알게 되었다.

쉽사리 이 모든 기사를 믿을 수 없었지만, 그동안 자신이
어리고 어리석었다는 생각이 들었다. 부모나 나라가 하는
일을 잘 모르고 있었다는 생각이 들었다. 더 이상 어른들처
럼 억지 주장을 할 수는 없었다.

"난 관심이 없었어. 아는 것도 별로 없고. 우리 삼촌한테
반전 운동과 반제동맹이 뭔지 듣긴 했지만 별로 알고 싶지
않았어. 나도 전쟁은 싫어. 다른 사람들과 평화롭고 다정하
게 지내는 게 좋아."

미치코가 속마음을 드러냈다.

승기가 조심스럽게 말했다.

"이건 네 잘못이 아니야. 어른들이 감추고 속였기 때문에 당연히 너는 몰랐을 거야. 그걸 깨닫게 하려고 안중근, 이봉창, 윤봉길 같은 독립투사들이 몸으로 말한 거야."

"미안해. 마음이 너무 아파. 내가 대신 사과할게."

미치코가 진심으로 사과했다. 그러고는 제안을 했다.

"우리 윤봉길이 누구인지, 왜 그런 일을 했는지 낱낱이 파헤쳐 보자."

승기와 진쉐는 미치코의 말에 고개를 크게 끄덕였다.

진쉐 할머니가 아래층에서 아이들을 불렀다.

"얘들아, 내려와서 만두 먹어라."

"네, 할머니! 가자. 우리 할머니 만두 솜씨는 알아주거든."

미치코와 승기는 진쉐를 따라 아래층으로 내려갔다.

할머니는 바오쯔를 쪄 주었다. 세 아이는 만두를 가운데 두고 둘러앉아 누가 먼저랄 것도 없이 만두를 집어 입에 넣었다. 얇은 피 속에 새우와 각종 채소가 듬뿍 들어 있었다. 육즙과 함께 만두향이 입속에 퍼졌다. 승기는 입안 가득 만두를 씹으면서 또 집어 들었다. 미치코도 만두를 좋아했다.

다들 언제 그렇게 심각한 일이 있었나 싶게 맛있게 먹으면서 웃었다.

"할머니한테 더 있나 물어봐 줘."

승기가 배가 부른데도 식탐을 부렸다.

"그렇게 맛있냐?"

진쉐는 바오쯔 한 통을 더 들고 왔다. 미치코도 젓가락을 들이밀었다.

"이제 또 신문 읽으러 가야지?"

진쉐가 재촉했다.

"아, 머리 아파. 어쩌란 말이냐? 이 슬픈 조국을!"

미치코가 마치 연극배우처럼 말하며 오른손을 왼쪽 가슴에 댔다.

사라진 사람들

집안 어른들과 동포들에게서 윤봉길에 관한 소식이 들려왔다. 다들 쉬쉬하면서도 신바람 난 것을 감추지 못했다.

승기는 신문 기사를 읽은 후로는 마음이 복잡했다. 새로운 소식이 쏟아지는 신문 기사를 읽는 것이 신기하면서도 두려웠다.

진쉐는 열정이 대단해서 날마다 신문을 읽고 윤봉길에 관한 기사를 모았다. 새로운 기사가 나왔다며 그걸 들고 승기에게 달려왔다.

상하이 훙커우 사건을 일으킨 윤봉길은 한인애국단 소속이며 배후 세력은 김구라고 만천하에 공표했다. 김구는 나라를 되찾기 전에는 이러한 투쟁을 그만 두지 않을 것임을 분명히 밝혔다.

일본은 세계의 각종 언론을 통해 자신들이 상해 의거 피해자라고 선전했다. 하지만 진실을 알고 있는 상하이와 중국 사람들은 열광했다. 중국인들도 일본에 대항하지 못할 때 조선의 선비가 대신 싸워 준 것을 칭찬했다.

— 로이터 통신

그러는 사이 일본은 더욱더 지독하게 조선인들을 압박해 왔다. 임시정부 지도자인 김구 선생에게 현상금 20만 원이 걸렸다. 그 후 현상금은 60만 원까지 올라갔다. 그 정도 돈 이라면 프랑스인, 러시아인, 중국인뿐만 아니라 조선인도 유혹을 뿌리치기 힘든 큰돈이었다. 상하이에 있는 정탐꾼들 과 비밀경찰들이 김구 선생을 잡기 위해 혈안이 되었다.

"큰일 났어요. 해산이 아주버님도 잡혀갔다네요."

밖에서 돌아온 어머니가 소식을 전했다.

"엉? 난 몰랐는데? 그렇게 위험한 일에 형님이?"

아버지가 걱정을 했다. 해산 아저씨는 아버지의 친척 형 이다.

"공근이도 며칠째 집에 안 들어왔다는데, 그이야 워낙 독 립운동에 몸 바친 이니까 연관이 있으려니 하지."

어른들은 모이면 조상과 고향을 떠나 이곳까지 이주해 온 과정을 들려주곤 했다. 고향 이야기를 나눌 때면 눈시울 을 닦았다. 고향의 대나무 숲과 우물가, 방앗간, 그리고 고향 뒷동산에 진달래가 활짝 핀 때를 이야기하며 그리워했다. 서로 자신의 고향이 아름답다고 하며 언젠가 조선이 독립되고 자유가 오면 돌아갈 것이라며 꿈꾸었다.

승기는 그런 이야기를 들으면 갈 수 없는 조국이 서럽고 무겁게 느껴졌다.

어른들은 이야기 끝에는 꼭 안중근 같은 분이 다시 나타나야 한다고 아쉬워했다.

승기가 태어나기도 한참 전에 있었던 일이었다. 승기에게 안중근은 전설적인 인물이었다. 1909년에 하얼빈에서 조선 통감부 통감인 이토 히로부미를 저격했다. 조선의 독립을 위해 개인이 아닌 의용군 자격으로 한 일이었다.

감옥에서 '동양 평화론'을 완성하기 위해 한 달만 사형 집행을 늦추어 달라고 했다. 뜻밖에 일본은 얼마든지 시간을 주겠다고 했다. 그래놓고는 갑자기 사형 날짜를 받았다. 재판이 정식으로 이루어졌다면 그 책을 완성할 수 있는데 속임수에 속는 바람에 그 책을 완성하지 못하고 사형 당했다. 그분의 동생 공근 아저씨도 오래전부터 독립 활동을 했다.

아버지는 저절로 터져 나온 말에 놀라서 주변을 둘러보았다.

"저는 어린아이가 아니에요."

승기가 믿음직스럽게 말했다. 식당 밖으로 나가 혹시 엿듣는 이가 있나 살펴보았다. 마침 진쉐가 승기를 찾아왔다.

"미치코는 안 보이네?"

승기도 진쉐도 미치코가 궁금해서 서로 물었다. 요 며칠 미치코는 영어 교습소에도 나오지 않았다.

"그날 충격 받았나?"

승기가 걱정이 되어 물었다.

"그건 아니고 삼촌 때문에 집안일이 복잡한가 봐. 삼촌이 오사카에서 반제동맹에 참여하고 있는데 미치코도 영향을 받아 마음이 움직이는 눈치였어."

"나도 힘들지만 미치코도 힘들 것 같아."

승기는 미치코가 안쓰러웠다.

"미치코는 강해. 우리가 알던 아이가 아니야. 우리보다 더 적극적이고 뭔가 해낼 것 같아."

진쉐가 말했다.

"난 그분을 생각하면 마음이 힘들어. 너무 보고 싶어. 꼭 한 번만 더 얼굴을 봤으면 좋겠어."

승기는 그분이 감옥에서 험한 일을 당할 것을 생각하면

온몸이 오그라들었다. 그리고 그를 둘러싼 수많은 억측과 말들에 잠도 오지 않았다. 그는 다시는 고향에 돌아갈 수 없을 것이다.

그분이 채소 장사를 하러 다닐 때 좀 더 친하지 못한 것이 아쉬웠다. 그때는 큰일을 할 인물인지 알아보지 못했다. 남루한 옷을 걸치고 리어카를 끌고 다니며 야채나 팔러 다니는 사람인 줄 알았다.

"그럼, 그분을 만날 수 없으니 그분을 아는 분이라도 만나서 이야기를 들어보면 좋겠다."

진쉐가 좋은 생각이라며 말했다.

"지금은 아무도 그분을 안다고 말하지 못해. 그랬다가는 당장 잡혀가니까. 김구 선생님은 이봉창 의거가 터졌을 때부터 요주의 인물로 찍혀 활동을 중단하고 동포들 집에서 밥을 얻어먹고 숨어 다녔대. 지금은 그때보다 더 심해. 미처 피하지 못한 동포들은 다 잡혀가서 무지막지한 고문을 당하고 있어."

승기는 못 들은 척 딴청을 부렸다. 너무 위험한 일이었다.

"그분이나 김구 선생님을 만난 적이 있는 사람, 또는 아는 사람들을 만나는 건 그분을 만나는 것과 같아. 너네 친척들도 있잖아?"

진쉐가 끈질기게 졸랐다.

승기는 마지못해 진쉐를 데리고 친척 할아버지가 사는 집으로 갔다.

"할아버지, 얘는 제 친구예요. 중국인이지만 믿을 수 있어요. 우리는 그분에 관한 것이라면 무엇이든 알고 싶어서 왔어요."

"얘들이 큰일 날 소리를 하네!"

친척 할아버지는 깜짝 놀라 엄하게 꾸짖었다.

"우리는 그분이 지나간 흔적이라도 찾고 싶어요."

승기가 간절하게 매달렸다. 그 모습이 기특했는지 친척 할아버지는 방문을 열고 주변을 둘러보고는 목소리를 낮추며 말했다.

"이번 사건은 워낙 큰일이라 극비에 진행되어서 김구 선생님만 알고 있어. 우리는 짐작도 못했고 당최 알 수가 없다."

할아버지 얼굴에는 뿌듯함 같은 감정이 떠올랐다.

"혹시 임시정부 사무실에 가 보면 뭐라도 남아 있을까요?"

"그분 이름을 다시는 입에 올리지 마라. 일본 경찰에 걸리면 부모, 친척, 이웃들까지 큰 봉변을 당한다."

친척 할아버지는 엄포를 놓았다. 그러면서도 은근히 몇 가지를 설명해 주었다.

"나도 윤봉길 그분을 직접 뵌 적은 없다. 의거가 일어나고 나서 동포들에게 말로만 전해 들었어. 그분은 독립운동을 하려고 먼 여정을 오셨다. 만주에서 상하이로 오기 위해 막노동을 하셨다더라. 칭다오에서는 일본인이 경영하는 세탁소에 취직해서 반년 넘게 일하셨고. 그때 일본어를 배우셨다지. 그분이 상하이를 목표로 삼고 온 것은 김구 선생님을 만나 자신이 할 일을 찾으려는 것이었지."

"역시 그분은 목표를 향해 한 치도 흐트러짐 없이 달려왔네요. 순간적인 충동에 의한 것이 아니고요."

승기와 진쉐는 마주 보고 의미심장한 눈빛을 나누었다.

"아마 안씨 아들, 공근이가 많이 도와주었다지. 그 집에서 아예 살았다고 하더라. 그래서 안씨는 사건이 벌어지기 전에 벌써 상하이를 떠났다고 하더만. 너희도 쓸데없이 돌아다니지 말고 얼른 집에 가서 꼼짝 말고 있어라. 괜히 얼씬거리다가 봉변 당할라."

친척 할아버지는 거듭해서 당부했다. 승기와 진쉐는 더 많은 이야기를 듣지 못해서 아쉬웠다. 진쉐는 밖으로 나오자 재빨리 수첩에 메모를 했다.

"그래도 얻은 소득이 많아. 필요 없는 정보는 없어. 들은 만큼 이익이야. 몇 가지 새 소식을 들었잖아?"

진쉐는 제법 신문기자처럼 말했다. 할아버지 앞에서 기록하면 부담을 느낄까 봐 머릿속에 담았다가 나오자마자 재빨리 기록하는 모습을 보니 더욱 그랬다. 승기는 그런 진쉐가 믿음이 갔다.

두 아이는 말 나온 김에 임시정부 사무실 쪽으로 가 보았다. 그곳은 프랑스 조계지에 있는데 세계 각국 공사관이 있고 일본의 영향력이 미치지 않은 곳이었다. 하지만 문이 굳게 잠겨 있었다. 대부분의 독립군들이 잡혀가서 조사를 받고 있고, 김구 선생도 행방이 묘연한 상황이었다. 일제의 탄압으로 임시정부가 산산조각 나고 있었다.

골목 앞에는 일본 경찰이 지키고 있었다. 진쉐는 멀리서 사진을 찍었다. 아버지가 쓰던 헌 카메라를 가지고 온 거였다.

"아마 일본 경찰이 들이닥쳐서 증거물을 가져가고 사진도 찍어 갔을 거야."

진쉐는 이런 일이 어떻게 진행되는지 아는 것처럼 말했다.

승기는 멀리서 보기만 해도 살벌한 분위기에 겁을 먹었다. 슬그머니 뒤돌아서 잰걸음으로 그곳을 벗어났다. 만약 일본 경찰에 잡힌다면 중국 아이와 조선 아이는 다른 취급을 받을 게 뻔했다.

아버지는 독립군들의 생활이 물에 뜬 부평초처럼 떠돌아다닌다고 했다. 아버지도 할아버지를 따라 조선에서 일본의 핍박을 피해서 도망쳐 나왔다. 직접 의병 활동은 하지 않지만 독립 자금을 만들어 필요한 물자를 제공하는 일을 해 왔다.

승기는 조선의 상황이 얼마나 심각한지 어른들에게 들어서 잘 알고 있었다. 언젠가는 고향인 조선에 꼭 한번 가 보고 싶었다.

진쉐는 어느새 새로운 작전을 짜냈다.

"너, 그분이 살던 집 안다고 했지? 안공근이라는 분 집. 거기 가 보자."

"그건 좀 곤란한데……."

승기는 머뭇거리며 진쉐 눈치를 살폈다.

"그분이 살던 집, 그분이 다니던 공장에 직접 가 보고 거기 있는 분들 이야기를 들어보면 되잖아?"

"안공근 아저씨는 내가 아는 사람이야. 우리 집에도 가끔 오셨는데 처음엔 그냥 동네 아저씨인 줄만 알았어."

"그러니까 의심 받을 일이 없지."

진쒜는 진짜 신문기자라도 된 듯 승기를 몰아쳤다.

승기는 마지못해 공근 아저씨네 집 쪽으로 몸을 돌렸다.

"내가 신문에서 읽은 바로는 그분은 형인 안중근 의사가 의거를 일으켰을 때 공범 혐의를 받아 1개월간 지독한 심문을 당했어. 그런데도 형이 사형 당할 때까지 면회를 다니고 끝까지 함께할 만큼 우애가 돈독했다고 해. 이번 일을 보니까 아마 형이 하던 일을 이어받아서 하는 것 같아."

진쒜는 승기보다 조선 독립운동가들에 대해 더 많이 알고 있었다. 승기는 왠지 조금 부끄러웠다.

홍커우 폭탄 사건이 터진 뒤 안창호 선생은 배후 인물로 지목되어 이미 일본 경찰에 끌려가서 모진 심문을 받고 있었다. 김구 선생이 자신이 배후라고 밝히면서 윤봉길과 찍은 사진과 증거를 내보였지만 일본 경찰은 독립운동가라는 이유로 놓아주지 않았다.

반면 안공근은 미리 잠적했다는 소문이 돌았다. 이 일과 직접 관련이 있다는 증거였다.

"승기야, 친구랑 그만 놀고 집안일 좀 도와라."

가게 앞을 지나가는데 아버지가 승기를 보고는 손짓을 하며 불렀다. 승기를 찾으러 나온 듯했다.

"안 되겠다. 내일 가든지 하자."

승기는 진쉐를 보냈다. 진쉐는 아쉬워하며 갔다.

"너, 공근이 아저씨한테 좀 다녀와라."

"예?"

아버지 목소리가 아주 은밀했다. 승기가 뭐라 대꾸도 하기 전에 승기 손에 보따리를 들려 주었다.

그 속에는 엄마가 만들어 쪄 낸 쫑즈가 들어 있었다. 조선에서는 찹쌀로 밥을 해서 팥, 대추, 밤, 은행과 같은 것을 넣어 연잎에 싸서 먹는 풍습이 있는데, 중국에도 비슷한 요리법이 있었다. 대나무 잎에 싸서 먹는 쫑즈였다. 주먹밥처럼 만들어서 가지고 다니기 간편하고 쉬 상하지 않아 먹기가 좋았다. 그걸 한 보따리나 만들어 준 것이다.

"이걸 공근이 아저씨 댁에 가져다 드려라."

다른 사람을 보냈다가는 잡히면 불상사가 생기기 때문에 승기가 가는 것이 좋겠다는 생각이었다.

"네. 어머니, 제 것도 남겨 놓았지요?"

"그럼, 딜렁거리지 말고 잘 전해 드려."

"걱정 마세요. 그럼 다녀오겠습니다."

승기는 야무지게 대답하고는 집을 나섰다.

공근 아저씨네 집 근처에는 낯선 남자들이 어슬렁거리고 있었다. 행색이나 표정으로 보아 잠복 중인 일본 사복형사들이 틀림없었다.

승기는 자기네 집인 것처럼 일부러 촐랑거리며 들어갔다. 어른들에게 인사를 하고 쫑즈를 전했는데, 잠시 뒤에 아저씨네 할머니가 같이 가자고 나섰다.

아, 그 속에 비밀 편지가 있었구나! 승기는 그제야 눈치챘다. 이미 전화가 도청 당하고 있을 터였다. 그 집 식구들은 아주 눈치가 빨랐다. 독립 활동을 하면서 모진 생활을 오래한 탓에 이런 일을 능숙하게 처리하는 것 같았다.

할머니 혼자 나가면 미행이 붙을 수 있기 때문에 승기와 함께 시장에 가는 척하려는 것이었다. 할머니가 간단하게 옷을 갈아입고 짐을 챙겼다. 다른 가족들은 나중에 떠나기로 하고 할머니만 먼저 보내는 것이니 절대 일본 경찰이나 밀정들에게 들키면 안 된다고 했다.

그동안 승기는 3층에 있는, 윤봉길이 머물렀다는 방에 올라가 보았다. 방은 이미 깨끗하게 청소되어 그분의 짐은 고사하고 먼지 한 톨 남아 있지 않았다. 그래도 그곳에 잠시 서 있는 동안 그분과 함께 하는 느낌을 받았다. 그분을 다시는 볼 수 없다고 생각하니 울컥 슬픔이 복받쳐 올랐다.

승기는 그 집에서 약속 시간이 될 때까지 기다리다가 저녁 무렵 할머니와 함께 밖으로 나왔다. 손가방만 든 할머니와 승기는 다정하게 팔짱을 끼고 걸었다. 누가 봐도 손자와 할머니가 시장에 가는 것 같았다. 승기는 뒤통수가 근질근질했다. 미행하는 눈길들이 느껴졌다.

화려하게 치장한 일본인 상점 거리에는 사복형사와 친일 조선 정탐꾼, 중국, 러시아, 일본 밀정들이 우글거렸다. 빤지르르하게 차려입었지만 건달 같은 남자들이 여기저기 돌아다녔다.

거리를 지나 시장에는 저녁 장을 보려는 사람들로 북적거렸다. 둘은 사람들 틈을 비집고 들어갔다. 한참을 사람들 틈에 끼어 있자 그제서야 미행을 따돌린 것 같았다. 시장은 여러 갈래로 골목이 나 있어서 아무 방향으로나 나갈 수 있었다. 동쪽 세 번째 골목으로 가서 잡화점 근처를 어정거렸다.

할머니는 승기에게 집으로 가라고 했다.

"지금 저 혼자 집에 가면 미행하던 사람들이 의심을 한다고요. 전 할머니가 목적지에 도착하면 집에 갈게요. 시장에서 할머니를 잃어버려서 늦었다고 하고요."

승기는 치밀했다. 어른들이 미처 생각하지 못한 것까지 생각했다. 상점 근처로 가면 누군가가 할머니를 모시고 갈 거라고 했는데 아무리 기다려도 상대가 나타나지 않았다. 시간이 지나자 초조해졌다. 이러면 미행하던 사람들이 쫓아올 수도 있다.

"더 이상 기다릴 수가 없겠다. 우리끼리 가자."

할머니 생각도 같았다.

만약 만나지 못할 때에는 직접 택시를 타고 어디로 모셔다 드리라는 2차 지시가 있었다. 상대가 미행을 당하거나 여의치 못한 일이 생겼을 수도 있기 때문이었다.

승기와 할머니는 서둘러서 골목을 빠져나갔다. 재빨리 지나가는 택시를 잡았다.

"휴우, 성공한 것 같아요. 할머니."

"승기가 다 큰 청년 같구나. 침착하기도 하지."

할머니가 칭찬을 했다. 택시는 곧장 지시한 건물 쪽으로 달렸다.

"넌 이 택시를 타고 그대로 집에 가거라."

"아니에요. 할머니. 그건 진짜 위험해요."

승기는 귓속말을 하며 운전기사를 흘낏거렸다.

"할머니가 안전하게 가시는 거 보고요. 그리고 아저씨께 꼭 여쭈어볼 말이 있어요."

승기는 고집을 부렸다. 택시에서 내리자 어떤 누나가 지나가는 척하며 집 입구를 손짓했다. 재빨리 그 누나를 따라 건물 안으로 들어갔다.

김구 선생과 중요 인물들은 이미 상하이를 떠났다고 했다. 안공근은 오늘 밤 어머니와 상하이를 떠날 계획이었다. 일본인의 감시가 삼엄해서 가족들을 다 데리고 떠날 수가 없었다. 우선 어머니만 모시고 가려고 기다리는 중이었다. 집 안으로 들어가자 안공근이 마중을 나왔다.

"아, 아저씨! 이건 어머니가 드리라고 했어요."

"애썼구나. 고맙다고 전해 드려라."

안공근은 조선 음식이 생각날 때마다 승기네 식당에 들렀다. 다른 독립운동하는 사람들이 가난하고 꾀죄죄했다면 그는 평소에도 반듯하고 좋은 옷을 입은 멋쟁이였다. 그의 집안은 조상 대대로 부자라고 했다. 그는 표 나지 않게 독립운동을 뒷바라지했고 중요한 일마다 관여되어 있었다.

"뭐가 그렇게 궁금하냐?"

"저는 친구들과 신문만 보고 있어요. 진실은 모른 채 남의 이야기만 듣는 거예요. 윤봉길 그분을 직접 만나 답을 듣지 못하잖아요. 일본이 테러리스트라고 억지 주장을 하고 있어요. 그분에 대해 자세히 알고 싶어요."

"그는 테러리스트가 아니다. 너희들이 그걸 밝히겠다니 고맙구나. 짧은 시간 동안 그를 만났지만 아는 대로 이야기해 주마."

안공근은 잠시 쉬면서 담배를 한 대 태웠다.

"작년에 동포의 소개로 그를 만났다. 그는 빈손으로 차비를 마련해 가면서 상하이에 도착했더구나. 방 한 칸을 빌려 막노동을 한다는데 고생이 말이 아니었어. 그는 잠시 나태해졌던 나를 부끄럽게 했다. 그는 큰 뜻을 가졌다며 자신을 믿어 달라고 했어. 그의 눈빛과 태도에서 허영심이나 순간의 치기가 아니라는 걸 느꼈다. 그의 뜻이 보통 굳은 것이 아니었어."

안공근은 진지하게 들려주었다.

"그의 신분을 더 이상 노출시키지 않기 위해서 비교적 안전한 프랑스 조계지에 있는 우리 집 3층에 방을 내주었다. 또 조선인 사장이 운영하는 모자 공장에도 취직을 시켜 주었지. 그는 거기서 1년 넘게 일하면서 조선인들과 모임을 갖고 독립 정신을 불어넣었어. 얼마 전부터는 그렇게 마냥 시간을 보낼 수 없다며 채소 장사를 하면서 기회를 노리고 있었지."

당시 상하이에 있던 조선인들은 하루 벌어 하루 먹는 막노동이나 공장 직공, 검표원 일을 하면서도 독립운동에 관심이 컸다. 안공근의 집은 조선인들이 늘 북적거렸고, 서로 교류하는 한인 애국단 본부였다.

"무슨 근거로 그를 믿으신 거예요?"

"나도 그렇지만 대부분의 사람들이 그의 형편을 듣고 말렸다. 집에 돌아가는 게 좋겠다고. 부모님을 돌보면서 함께 농사짓고, 어린 자식들을 잘 키우라고. 그게 애국하는 길이라고. 하지만 그는 끄떡도 하지 않았어. 농사는 사람을 붙이면 되고 아이들은 아내가 잘 키우도록 부탁했다면서."

"자신이 꼭 해야 할 사명을 느낀 거네요."

"그의 어머니가 돌아오라고 편지도 보냈어. 꼭 한 번만 왔다 가라고, 얼굴도 못 본 아이가 아빠를 찾는다는 내용이

었지. 그런 말을 들으면 마음이 흔들려서 집으로 돌아올 거라고 생각한 게지."

"그런데도 안 갔나요?"

"나라면 마음이 흔들렸을 거야. 하지만 그는 집을 나올 때 이런 글귀를 남기고 왔다더군. '장부출가 생불환(대장부가 집을 떠나 뜻을 이루기 전에는 살아서 돌아오지 않는다)'이라며 돌아갈 것 같으면 아예 오지도 않았다는 거야. 그는 심지가 곧고 굳은 사람이었어."

"어린 아들과 부모님을 만나면 마음이 약해져서 다시 돌아오지 못할까 봐 아예 가지 않았군요."

승기가 어른스럽게 말했다.

"이제 그분은 어떻게 되는 거지요?"

"그가 선택한 그의 길을 가는 거지. 난 후회하지 않는다. 그의 뜻을 펼치도록 김구 선생님을 소개시켰지. 그들은 하루 전 우리 집에서 마지막 사진을 찍었다."

"저도 봤어요. 신문에 실린 그 사진이지요?"

승기는 그 사진을 기억했다.

윤봉길이 선언문을 목에 걸고 수류탄을 들고 있는 사진이 신문에 실렸었다.

나는 조국의 독립과 자유를 회복하기 위하여 한인 애국단의 일원이 되어 중국을 침략하는 적의 장교를 도륙하기로 맹세하나이다.

승기는 신문에서 본 그 글귀를 외웠다. 왼손에 폭탄을 오른손에 권총을 들고 태극기 앞에서 가슴에 절명사(목숨이 끊어질 때 남기는 말이나 시가)를 붙이고 사진을 찍었다.

안공근이 그가 뜻을 펼칠 수 있도록 뒷바라지했다는 걸 승기는 알게 되었다. 독립운동은 많은 사람들의 지원 없이는 불가능한 일이었다. 폭탄을 제조하는 과정에도 많은 조선인들이 작업을 했다. 대부분의 조선인들이 보이지 않는 곳에서 독립군 활동을 하고 있었다.

안공근은 고개를 끄덕였다.

"미래 독립군. 난 이제 떠나야 한다. 너처럼 뜨거운 가슴을 가진 청년들이 있어서 우리나라의 앞날이 밝다. 안심하고 떠나마."

안공근은 기품 있게 말하고 일어섰다. 기차 시간이 된 것이다. 마침 택시가 도착했다.

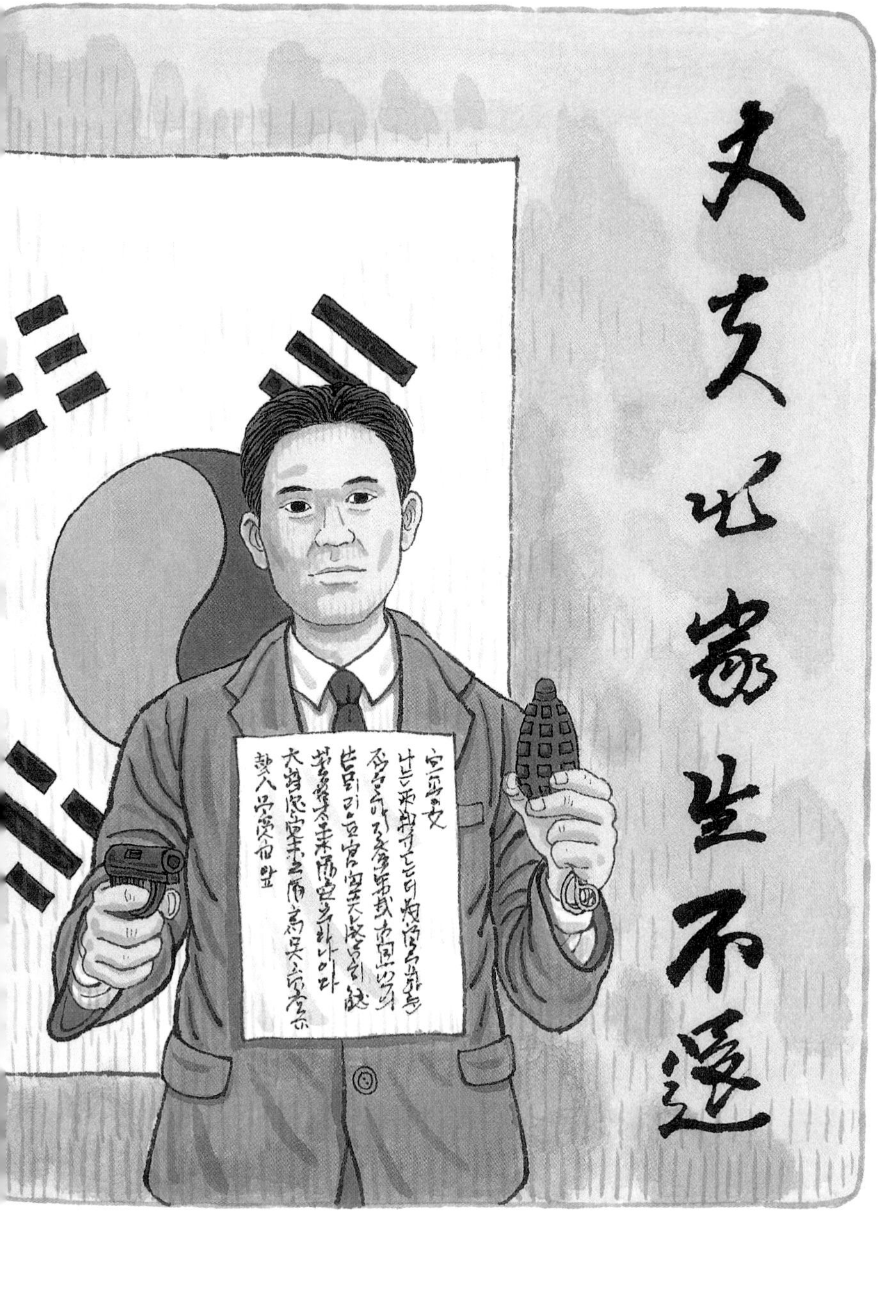
丈夫出家生不還

"아저씨를 꼭 기억할게요."

"나뿐만이 아니다. 다들 그를 지원했다. 마지막 날 아침, 따뜻한 밥을 먹여 보낸 사람도 있다. 해산이도."

"우리 아저씨가요?"

독립을 돕는 사람들은 특별한 사람들이 아니었다. 주변의 동포들이 작은 일이라도 맞들면서 역사가 이루어진 것이다. 가슴이 두근거렸다.

안공근은 승기와 악수를 나누었다. 할머니도 승기에게 매사에 조심하라고 일렀다. 그들은 먼저 떠났다.

승기는 누나가 택시를 태워 주어서 집 근처에서 내렸다.

승기는 펄쩍펄쩍 뛰어서 집으로 갔다.

"공근이 아저씨가 나를 미래 독립군이라고 했어!"

내 시간은 한 시간밖에 남지 않았다

승기는 진쉐를 믿지만 안공근에 대한 말을 할 수 없었다. 그건 독립군이라면 목에 칼이 들어와도 지켜야 할 일이었다. 아버지는 입이 무거워야 큰일을 할 수 있다고 했다. 특히 나라의 독립을 위해 일하려면 비밀이 생명과 같다고 했다. 자칫하면 말 한마디에 많은 목숨이 날아갈 수도 있기 때문이었다. 자랑하고 싶어 입이 근질거렸지만 신문 기사로 나가기 전까지는 참아야 했다.

진쉐는 승기를 보고 반갑게 달려왔다.

"갑갑해. 너희들과 신문을 읽지 않으면 밥을 안 먹은 것 같아."

미치코도 수업이 끝나면 진쉐네 집으로 왔다.

"오늘은 어떤 기사가 났는지 얼른 보자."

승기와 진쉐, 미치코는 시합이라도 하듯 신문을 구해서 윤봉길 기사를 모았다. 기사를 같이 읽고 서로 생각을 나누는 일은 생각보다 재미있었다. 진쉐 아버지가 쓴 기사를 읽어 보고 다른 기자들이 쓴 기사도 꼼꼼하게 비교해 보았다. 감동적인 부분은 함께 읽을 때 그 느낌이 몇 배는 더 커졌다.

"이 기사 좀 봐."

진쉐가 붉은 색연필로 줄친 기사를 내밀었다. 승기와 미치코가 서로 먼저 읽으려다 머리를 맞대고 말았다. 둘은 쑥스러워하며 얼른 떨어졌다.

"내가 읽어 줄게."

승기가 신문을 자신의 눈앞으로 당겼다.

"중국의 100만 대군과 4억 인구가 하지 못한 일을 조선의 한 청년이 해냈다."

장개석 총통이 그가 중국의 원한을 대신 갚아 주었다며 칭찬하는 말도 함께 실렸다. 그동안 장개석 총통은 임시정부가 아무것도 하는 일이 없다며 지원을 전혀 하지 않았는데, 이번 윤봉길 의사 의거를 보고 전적으로 돕기 시작했다는 내용이었다.

승기의 낭랑한 목소리는 점점 힘차게 올라갔다. 흥에 겨워 웅변이 되고 말았다.

"역시 윤봉길이 지핀 불씨가 사람들에게 옮겨붙었어."

자신의 의견을 덧붙이는 승기의 목소리가 벅찬 감정에 못 이겨 살짝 떨렸다.

"그래, 네 말이 맞아."

진쉐가 맞장구치며 공감을 표했다. 미치코는 묵묵히 듣기만 했다.

진쉐 아버지는 활발하게 윤봉길에 관한 기사를 다루었다. 정확하고 빠른 기사로 홍커우 의거에 대한 지속적인 관심을 불러일으켰다.

상하이 홍커우 의거 후 장개석이 김구를 절대 신뢰하고 임시정부를 지원하기 시작했다. 김구를 만나 회담을 하고 조선의 독립을 위해 적극적으로 지원하겠다고 약속했다. 한인 청년들을 중국 낙양에 있는 군관학교에 보내 조선 광복 특별반을 만들어 훈련을 받게 했다. 조선과 중국이 합작으로 항일 투쟁을 약속했다. 항일 시위를 벌이는 중국인들이 점점 늘어나는 추세다.

조선인들도 움직이기 시작했다. 다시 독립에 대한 기대가 생기고 뭉치기 시작했다. 독립운동을 하다가 실의에 빠진 많은 조선인들이 자신감을 갖고 힘을 내기 시작한 것이다. 임시정부는 일본의 보복을 피해 상하이를 떠났지만 조직을 재정비하고 나섰다.

파도가 몰아치듯 이 모든 물결의 움직임은 윤봉길, 그 한 사람으로 시작된 것이었다. 조선인이 각성하라는 뜻으로, 세계에 조선을 알리기 위해 의거를 일으켰다는 그의 외침은 살아났다.

그를 예찬하는 시까지도 지어서 넣었다. 세상이 윤봉길 중심으로 돌아가고 있었다.

아이들은 신문 기사에 만족했다. 진쉐는 성실하게 취재하고 바른 기사를 쓰는 아버지가 자랑스러웠다.

승기가 집에 돌아오니 어머니와 아버지가 시름에 잠긴 얼굴로 두런두런 이야기를 나누고 있었다.

"아주버님은 이번 일로 조사를 받고 돌아왔다고 하던데 후유증이 큰가 봐요?"

"두문불출이네. 협박 공갈에 모진 고문을 받았겠지."

"오늘 한번 찾아뵙는 게 좋겠어요."

어머니는 정성들여 콩죽을 끓였다. 보자기에 싸서 아버지가 들고 나가려고 했다.

"어디 가세요?"

"해산이 아저씨에게 죽 좀 가져다 주려고. 혼자 앓아누운 것 같구나. 가족들은 아저씨 잡혀갈 때 피난 가서 돌아오지 않은 것 같고…….

"제가 갈게요. 좀 여쭤보고 싶은 게 있어요."

"네가 간다고?"

승기가 성화를 대자 아버지와 어머니는 서로 마주 보았다.

"별일 없을 거예요."

어머니가 먼저 승낙했다. 동포들은 아저씨 집 주변에 얼씬도 하지 않았다. 사복경찰이 잠복 중이라 괜스레 오해를 받을까 두려워서였다.

"채소 장수 양반한테도 따끈한 국밥 한 그릇 대접하지 못한 게 마음에 걸렸는데…….

어머니는 안타까워하며 앞치마로 눈시울을 닦았다.

승기는 궁금한 게 많았지만 아저씨에게 직접 물어보기로 했다. 보따리를 들고 나섰다. 곧장 미치코네 집으로 갔다. 손톱만한 돌멩이를 세 개 주워서 미치코 방 창문에 던졌다. 다행히 그 소리를 듣고 미치코가 내다보았다. 눈빛과 손짓으로 조용히 나오라는 신호를 보냈다. 눈치 빠른 미치코가 어른들 몰래 빠져 나왔다.

미치코도 중요한 일이 생겼다는 걸 직감적으로 알아차렸다.

"어디 가?"

"우리 친척 아저씨 집에. 경찰에 잡혀갔다가 풀려나셨대. 같이 가 줄래?"

승기가 조심스럽게 물었다.

"그래. 그런데 무슨 일을 하셨기에?"

"나도 몰라. 아직도 집에 갇혀서 감시 받고 있어."

승기와 미치코는 자연스럽게 놀러 가는 것처럼 행동했다.

외국인 거류지 뒤에는 조선인들 집이 다닥다닥 붙어 있었다. 사복을 한 일본 경찰들과 조선 밀정들, 건달 같은 사람들이 어정거렸다. 그들은 미치코와 승기가 골목으로 들어가는 걸 힐끗 보았지만 아이들이라 별로 주목하지 않았다.

두 아이는 마치 다른 집에 가는 것처럼 지나쳤다가 재빨리 숨었다. 한참 망을 보다가 그들이 잠시 소홀한 틈에 아저씨 집 쪽으로 돌아갔다. 뒷문으로 들어가자 해산 아저씨가 나무 침대에 누워 있었다.

"아저씨, 승기 왔어요."

"어어, 네가 여길 어떻게 들어왔냐?"

아저씨는 몸을 일으켰다. 그러다가 미치코를 보고는 경계의 눈빛을 보냈다.

"얜, 내 친구이자 동지예요. 어머니가 콩죽을 끓였다고 보냈어요."

승기는 콩죽 냄비에서 콩죽을 한 대접 덜어냈다. 수저를 준비해서 쟁반에 담아 왔다. 집 안이 조용해서 말소리가 울렸다.

"어머니가 기운 차리는 데는 콩죽이 최고라고 하셨어요. 한 대접 다 드시래요."

승기는 소금을 조금 넣어서 죽을 저은 뒤에 숟가락을 아저씨 손에 쥐어 주었다.

"통 입맛이 없었어."

아저씨 얼굴은 창백하고 몸은 여위었다. 두 눈은 움푹 들어갔고 숟가락을 든 손이 부들부들 떨렸다. 하지만 눈빛은 살아 있었다.

"정성이 고마워서 먹고 일어나야겠다."

아저씨는 천천히 콩죽을 떠서 입에 넣었다. 따뜻하고 고소한 콩죽이 깔깔한 입에도 맛있게 느껴졌다.

"아이고, 잘 먹었다. 어머니 죽 끓이는 솜씨가 좋구나."

"아저씨도 김구 선생님과 함께 이번 일을 계획했지요?"

승기가 조심스럽게 물었다.

"아니지! 난 새카맣게 몰랐다. 만약 미리 알았다면 심장이 벌렁거려서 감당할 수 없었을 게다."

아저씨는 손을 내저으며 펄쩍 뛰었다.

"난 그런 중요한 위치에 있지 않아. 그저 선생님이 중요한 손님이 오신다며 쇠고기를 사다가 새벽밥을 지어 달라고 하셨다. 그만한 이유가 있겠지 생각하고 정성을 다해 준비했지. 뜻밖에도 웬 젊은이가 왔는데, 바로 윤봉길이었다. 중대한 임무를 주어 다른 곳으로 보낸다고 하더구나. 그래서 내가 상해에 일꾼이 필요한데 왜 윤 군을 다른 곳으로 보내시냐고 물었지. 그랬더니 윤 군이 자신의 뜻대로 어디서 무슨 일이든 할 거라고 하시더구나. 지금 생각해 보니 김구 선생님 얼굴이 더 비장했던 것 같다."

홍커우 거사일 아침 윤봉길과 김구 선생은 아저씨 집에서 아침을 먹었다. 그것이 마지막 식사였다.

"윤 군은 그런 큰일을 하러 가는 사람같지 않았어. 태산처럼 무덤덤한 얼굴로 나섰지. 아침을 든든하게 먹고 마치 밭일을 나가는 농부처럼 담담하게 신발을 신고 밥을 잘 먹었다며 절을 하고 나가던 그 뒷모습이 아직도 눈에 선하구나."

아저씨 눈가에 눈물이 촉촉하게 젖어들었다.

"윤 군은 조선 고향에 가족들이 있다고 했어. 부모님은 농사를 지으시고 처와 어린 아들 둘이 있는데 큰아들은 세 살이고 얼마 전에 작은아들이 태어났다고 하더구나."

"그런 사람이 그런 일을 한 거예요?"

미치코가 깜짝 놀라 따지듯 물었다.

"자신의 가족을 두고 꼭 해야 할 일이 있기 때문에 왔다고 했어. 일이 터지고 난 뒤에 알게 되었지만 아기들에게 유언시를 남겼더구나."

해산 아저씨는 지그시 눈을 감았다.

침묵이 흘렀다. 승기는 눈물이 보일까 봐 고개를 돌렸다.

"그건 아닌 것 같아요. 갓난아기들을 두고 오다니요? 이제 아기들은 누가 돌보나요?"

미치코는 가슴이 저릿했다. 답할 수 없는 질문을 거듭했다. 그 아기들이 마음에 들어와서 어쩔 줄 몰랐다.

"이렇게 거사가 성공하고 보니 윤 군 말고는 대신 할 사람도 없었네. 감히 누가 하겠어? 그래서 그 힘든 환경 속에서도 나선 거야. 김구 선생님도 윤 군을 만난 지 얼마 안 됐다고 하더구나. 우리는 그저 고맙고 부끄럽다. 내가 당하는 이깟 고생쯤 아무것도 아니다."

아저씨 눈가가 붉어졌다. 목소리는 담담했지만 깊은 슬픔과 안타까움이 전해졌다. 승기와 미치코도 숙연해져서 고개를 숙였다.

"집을 나서기 전에 윤 군이 김구 선생님을 보더니 대뜸 '선생님, 저와 시계를 바꿉시다.' 그러더구나. 장난꾸러기처럼 싱긋 웃으면서 말이야. 그러면서 손목에서 시계를 풀어 선생님께 주었어. 나는 영문을 몰랐지. '이게 어제 선서식을 한 후에 6원 주고 산 새 시계입니다. 선생님 시계는 2원 짜리인데다 너무 낡았어요. 제 시간은 이제 한 시간밖에 쓸 수 없습니다. 그러나 선생님 시계는 오래 가야지요. 우리

나라가 독립이 되는 좋은 날까지요.' 선생님이 머뭇거릴 사
이도 없이 윤 군은 자신의 시계를 내주고 김구 선생님 팔목
에서 시계를 빼앗다시피 바꾸어 찼어. 선생님은 그런 윤 군
의 눈을 차마 바로 바라보지 못하셨어. 이제야 그 모든 게
납득이 되는구나."

　아저씨는 한숨을 길게 내쉬었다.

"그분이 시계를 새로 산 까닭은 거사 시간을 맞추기 위해서군요."

승기가 비장한 어조로 말했다.

"빈틈이 없네요. 그분에 대해서 알면 알수록 정말 멋진 분이었다는 생각이 들어요."

미치코는 윤봉길에게 깊이 감동했다.

윤봉길의 치밀함은 또 있었다. 그는 일본식 양복을 사 입고, 일본 대장 사진을 구해서 얼굴을 익혔다. 거사 전에는 날마다 훙커우 공원에 나가 걸었다. 하루 전에는 단상을 설치하는 것을 보고 거사 위치를 마음속으로 실행해 보기까지 했다. 한 치의 빈틈도, 1초의 오차도 허용해서는 안 되는 일이었다.

"이 일은 처음부터 끝까지 윤 군의 의지로 극비리에 진행되었어. 나는 그저 밥 한 끼만 대접했을 뿐이다."

아저씨는 애써 담담하게 말했다. 승기는 울컥 뜨거운 것이 목에 치밀어 올라왔다.

"아직 냄비에 죽이 많이 남아 있어요."

"그래, 내가 챙겨 먹으마. 어머니한테 고맙다고 전해라."

승기는 죽 그릇을 씻어서 정리하고 집을 나왔다.

승기와 미치코는 역사의 한가운데 있고 윤봉길이 살던 현장에 있었다.

"이제 그분에 대해서는 숨길 것이 없어. 오히려 떳떳하게 다 밝혀야겠지."

승기는 두 주먹을 불끈 쥐었다. 미치코도 나라를 되찾고 싶어 하는 윤봉길의 마음을 절실하게 느꼈다.

"삼촌이 가지고 있는 반제 신문이라는 걸 본 적 있어. 조선인과 일본인들이 모여서 일본의 제국주의와 일본이 다른 나라를 침략하기 위해 일으키는 전쟁에 반대한다는 내용이었어. 신문에 알리고 뜻을 같이하는 사람들을 모으는 거래."

"난 그런 신문이 있는 줄도 몰랐네."

"그동안 같은 일본인들끼리 다투는 게 이해가 안 되었어. 그들이 천황 제도에 반대하고 나라의 방침에 반대하는 이유를 이제는 알 것 같아."

"전쟁이 잘못되었다는 걸 일깨우는 거구나. 안중근 의사의 생각과 같네. 그분이 감옥에서 조선과 일본, 중국이 서로 협력해야 한다는 내용의 책을 썼다고 했어. 우리가 평등하게 살아가는 자유로운 그런 세상을 만들자고 하셨대. 나, 윤봉길 그분의 불꽃을 마음에 담았어."

승기가 외쳤다.

미치코가 승기의 어깨를 다독거려 주었다.

가까운 미래

진쉐와 승기는 진쉐 아버지가 쓴 윤봉길에 관한 기사를 읽었다.

> 의거 다음 날 윤봉길의 시골집에도 훙커우 의거 소식이 전해졌다. 그의 식구들이 당한 고초는 말로 다 할 수 없었다. 아버지와 동생은 주재소에 끌려가 온갖 고문을 당했다. 그것도 모자라 일본 경찰은 그의 집에 상주하면서 가족들을 못살게 괴롭혔다.
> 윤봉길은 하루에 두세 차례 불려나가 극심한 고문을 받았다.

윤봉길은 면회가 일절 금지되고, 책 한 권 읽을 수 없고, 편지 한 통 쓸 수 없는 감옥 생활을 했다. 그리고 5월 25일, 변호인도 기자도 하나 없이 상하이에 파견된 극비의 일본 군법회의에서 사형을 언도 받았다. 몇 달 뒤인 11월 18일, 고베항을 거쳐 오사카 형무소에 이감되었다. 그런데 오사카에서 윤봉길 사형에 반대하는 운동이 일어났다.

미치코가 한동안 보이지 않았다.

"어디 갔었어?"

"할아버지 댁에."

미치코의 고향은 오사카라고 했다. 그곳에 있는 외할아버지 댁에 다녀왔다고 했다.

"거기서 윤봉길 사형 반대 운동에 참여했어."

승기와 진쉐는 너무 놀라서 귀를 의심했다.

미치코는 둘의 반응이 재미있다는 표정을 지으며 그곳에서 있었던 일을 말해 주었다.

당시 오사카는 조선인들의 노동 운동과 전쟁에 반대하는 저항이 심한 곳이었다. 특히 제국주의와 전쟁에 반대하는 사람들의 모임인 '반제동맹'이 활발하게 활동하는 곳이었다.

반제동맹 보도를 보고 동참하는 사람들이 점점 많이 모여들었다. 그러자 일본은 책임자를 체포하는 등 강력하게 탄압했다. 조직은 견디지 못하고 흩어졌다. 그 뒤로 한동안 반제동맹의 활동이 잠잠하여 없어졌다고 생각했는데 다시 나타난 것이다.

바로 윤봉길 때문이었다. 조선인들과 일본인들이 섞인 반제동맹은 윤봉길의 사형에 반대하는 활동을 벌였다. 사라졌다고 생각한 반제동맹 회원들이 활발하게 다시 활동하자 일본은 당황했다.

미치코가 오사카 외할아버지 댁에 갔을 때 바로 그런 일들이 일어났다. 외삼촌과 이모가 그 일을 하고 있어서 미치코도 자연스럽게 알게 되었다고 했다.

승기는 미치코를 보면서 많이 달라졌다고 느꼈다.

"일본인도 다 똑같은 건 아니구나! 진실을 아는 사람들도 있어. 평화를 바라는 사람도 많고!"

이야기를 들은 승기와 진쉐는 놀랐다.

"나라에서도 반제동맹을 무시할 수는 없었어. 그래서 비밀리에 윤봉길을 호송했는데 사람들이 반대하니까 함부로 하지는 못할 것 같아."

미치코는 낙관적으로 말했지만 현실은 미치코의 생각과는 정반대로 흘러갔다.

진쉐는 아버지가 쓴 기사부터 찾아보았다. 커다란 기사 제목이 눈에 뜨였다.

윤봉길, 비밀리에 사형집행

윤봉길은 12월 19일 가나자와 육군 형무소 공병 작업장에서 총살형을 당했다.

공식적으로 발표된 것은 아무것도 없었다.

형 집행 과정을 담당했던 관리가 후일에 밝혔다.

윤봉길은 일본어로 하는 말이 명료하고 미소를 짓는 등 그 태도가 당당했다고 한다. 지극히 담력이 세고 침착하였다고 전했다.

그에게 마지막으로 할 말이 없는가 물었다. 그는 사형은 이미 각오한 것이니 지금에 와서 아무것도 할 말이 없다고 했다.

> "지금 내가 뿌리고 가는 피는 일제 패망의 날 탐스러운 꽃으로 피어날 것이다. 나는 지하에서라도 일제가 쇠망하는 날까지 싸움을 쉬지 않으리란 말을 남기고자 한다."

세 아이는 신문을 읽으면서 눈물을 주르륵 쏟았다.

"아, 기어이 이렇게 되었구나. 이 일에 대해 부끄럽고 미안해. 내가 사과할게."

미치코가 허리를 굽히고 인사를 했다. 두 눈에 눈물이 그렁그렁했다.

"고마워. 그분의 뜻을 알아준 것만으로도 고마워."

승기의 눈에서도 뜨거운 눈물이 계속 흘렀다.

"우리는 가진 것이 아무것도 없고 쫓겨난 조선 사람인지라 다른 길이 없어. 그분은 용감하게도 독립의 제단에 기꺼이 자신을 바쳤어. 나도 그 분의 뜻을 이어받을 거야."

"비밀이라던 너의 꿈? 혹시?"

진쉐가 생각이 났다는 듯 물었다.

"그래. 돈 많이 벌어서 나라를 되찾는 일에 쓸 거야."

승기의 눈빛이 그 어느 때보다 빛났다.

"나도 그분의 뜻을 이어받아서 세계 평화를 위해서 일하는 기자가 될 거야."

"우리는 친구가 될 수 있을까? 세 나라가 싸우고 있는 이 아수라장 속에서……."

미치코가 조심스럽게 물었다.

"우리는 친구야. 앞으로 우리가 살아가야 할 세상은 지금과는 다를 거야. 중국, 일본, 조선이 이웃하고 살면서 서로 존중하고 협력해야지. 우리가 그렇게 만들자."

승기가 자신 있게 말했다.

세 아이는 누가 먼저랄 것도 없이 손을 맞잡았다. 심장이 쿵쾅거리는 소리가 서로에게 전해졌다. 꼭 조국의 독립을 위해 자신을 불살랐던 윤봉길의 심장 소리 같았다.

윤 봉 길
심문 과정
취   재

윤봉길에 대한 수사 기록이나 심문 과정은 극비리에 진행되었다. 그가 사형을 당하고 한참 시간이 흘렀다. 그에 대한 세간의 관심이 줄어들 즈음 그를 잊지 않은 기자, 진쉐 아버지는 후일에 밝혀진 기록을 근거로 다음과 같은 기사를 썼다. 중간중간 자신의 생각을 해설로 넣었다. 사명감을 가지고 윤봉길에 대해 전해야겠다는 마음뿐이었다.

기자

왜 훙커우 공원에 폭탄을 던졌나?

현재 조선은 힘이 없소. 그렇기에 당장은 독립을 이루지 못한다고 할지라도 적극적으로 일본에 항거하여 우리 민족이 살아 있음을 알려야 한다고 생각했소. 만약 세계 대전이 발발하여 강국이 피폐해지는 시기가 오면 그때야말로 조선은 물론이고 각 민족이 독립할 것이오.

현재 세계 지도는 조선이 일본과 동색으로 채색되어 있어 세계 각국은 조선의 존재조차 모르고, 국가로 인정하지도 않고 있소. 그래서 나는 의거를 통해 이들 뇌리에 조선이라는 나라를 깊이 새겨 넣고, 이를 계기로 조선인의 각성을 촉구하고자 했소. 그것은 장차 우리들의 독립운동에도 분명 도움이 될 것이라고 믿소.

그는 폭탄을 던진 이유를 조금도 주저함 없이 당당하게 밝혔다. 그는 아무도 막을 수 없는 신념에 가득차 있었다.

나는 그날 참석한 요인들에게 개인
적인 원한이 있는 것이 아니오. 그들은
침략자이기 때문에 대한민국 임시
정부 산하 한인 애국단원으로서 조직이
계획한 임무를 수행한 것뿐이오.

윤봉길

어린 자식과 가족들을 두고 왜 고향을 떠났나?

사람은 왜 사느냐, 자신의 꿈을 이루기 위해 사오. 대부분의
꿈은 성공하는 것이오. 풀은 꽃을 피우고, 나무는 열매를 맺소.
나도 꿈이 있어 꽃을 피우고 열매 맺기를 다짐하였소.

지금 우리 조선이 처한 현실에서 나는 부모의 사랑보다, 형제
의 사랑보다, 처자의 사랑보다도 더 강한 사랑이 있다는 것을
깨달았소. 나는 나의 강산과 나의 부모형제, 처자를 버리고서라
도 해야 할 일을 찾았소. 그것은 내 몸을 조선 독립을 위한 불쏘
시개로 사용하는 것이오. 그게 나의 꿈이오.

지금 조선은 독립에 대한 열기가 점점 식어가고 있고, 독립에
대한 희망을 갖는 사람이 줄어들고 있는 상황이오. 변절자가
생겨나고, 사회 유명 인사들이 앞장서서 조선의 딸들을 일본군
위안부에 보내고 어린 학생들을 학도병으로 보내야 한다고

민중을 설득하고 있소. 일본을 찬양하는 노래를 짓고 시를 쓰고 그들에게 아부하고 있소.

무엇보다 민족을 하나로 뭉쳐야 한다는 가르침이 필요했소. 광복이 될 것이라는 믿음을 끝까지 가질 수 있게 해야 했소. 그럴 때 누군가 꼭 한 사람이 필요했소. 그게 바로 나요.

그는 자신이 할 일이 무엇인지 깨닫고 실천했다. 자기 자신은 물론 가족보다 나라를 사랑하는 마음으로 뜨겁게 타올랐다. 그가 남긴 유언시를 소개한다.

강보에 쌓인 두 병정에게

너희도 만일 피가 있고 뼈가 있다면
반드시 조선을 위해 용감한 투사가 되어라.
태극의 깃발을 높이 드날리고
나의 빈 무덤 앞에 찾아와 한 잔 술을 부어 놓아라.
그리고 너희들은 아비 없음을 슬퍼하지 말아라.
사랑하는 어머니가 있으니 좋은 훈육을 받으라.

조선에서는 무슨 일을 하였나?

나는 한학과 역사를 공부하고 새로운 학문과 문물을 익혔소. 나는 묘표 사건을 겪고, 우리가 일본에 나라를 빼앗긴 것은 무지하기 때문이라는 것을 깨달았소. 그래서 집에다 야학당을 설치하여 문맹을 퇴치하고, 농촌을 부흥시키기 위해 농촌계몽운동을 전개했소.

묘표 사건이 무엇인가?

어느 날 공부하다 잠시 머리를 식히려 마을 인근의 덕숭산을 산책하였소. 그때 한 청년이 공동묘지에서 나무 팻말을 한아름 뽑아들고 와서 내게 청했소.

"선비님, 저는 글을 읽을 줄 모릅니다. 똑같은 묘지가 너무 많아서 아버지 묘소를 찾을 수가 없습니다. 마침 산소 앞에 나무로 된 묘표가 있어 그걸 뽑아왔습니다. 이 중에 우리 아버지 이름이 적힌 묘표를 찾아 주십시오."

"묘표를 읽어 줄 수는 있네만, 이 묘표들이 어디에 있던 것인지 표시는 해 두었나?"

"아, 그건 아닌데요."

청년은 영문을 모르고 두 눈을 껌뻑껌뻑했소.

난 그걸 보고 충격을 받았소. 묘표를 뽑아왔으니 거기에 쓰인 이름은 알 수 있지만, 다른 사람의 묫자리 위치도 알 수 없게 되었으니 말이오.

"아이고, 아버지! 이제 우리 아버지를 잃어버렸네."

비로소 상황을 알게 된 청년은 땅을 치며 울었소.

'이렇게 무지하니 우리가 힘이 없구나! 빼앗긴 나라를 되찾으려면 배워야 한다.'

그래서 문맹을 퇴치하기 위해 우리 집에 당장 야학당을 설치하고 계몽운동을 펼쳤소.

왜 중국으로 망명하였나?

1929년 2월 학예회를 개최하였소. 부흥원 건물 완공을 기념하기 위해 학예회를 열어 〈토끼와 여우〉라는 이솝 우화를 각색한 연극을 했소. 토끼와 거북이가 숲에서 주운 빵을 먹으려 하는데 여우가 나타나 똑같이 나눠 준다며 빵을 빼앗아 가 한 쪽이 크다면서 조금 떼어 먹고, 또 다른 쪽이 크다면서 떼어 먹고 하더니 결국은 여우가 다 먹어 치운다는 내용이오.

학예회가 끝난 다음 날 일제 경찰의 조사를 받았고 투옥되었소. 교활한 여우는 일제를, 토끼와 거북이는 우리 민족을 뜻한다며 사람들에게 독립 정신을 심어 준다며 겁박했소. 그 뒤에도 일제 경찰은 내가 하는 모든 활동을 감시하고 사사건건 간섭했소.

왜 목숨을 건 그런 위험한 길을 택했나?

동지들조차도 무모한 짓이라고 말렸소. 고향에서 부모님 모시고 자식들 키우며 살면 몸은 편안할 수 있었을 것이오. 그러나 의미 있고 즐겁게 살 수는 없었을 것이오. 조선인으로 일제 치하에서 의미 있는 삶을 살기는 어렵고, 소신 있게 살기는 더욱 어렵소.

집을 떠날 때 나는 이미 죽음을 각오했소. 장부출가 생불환! 이것이 내 결심이었소.

나는 신문을 보고 절호의 기회가 온 것을 알았고, 김구 선생님을 찾아가 내 의지를 밝혔소. 선생님도 그런 나의 의지를 알고 허락하셨소. 거사 전에 기도하는 마음으로 훙커우 공원을 거닐며 답사를 했소. 내 한걸음 한걸음에 어린 자식들의 얼굴과 가족, 조선인들의 모습이 어렸소. 앞으로 살아갈 그들을 위해서 나는 길을 열어 주어야만 했소.

충청남도 예산에 가면 그의 고향 '건너재'가 있다. 그곳은 산에서 흘러내린 냇물이 집을 둘러싸고 흐르고, 들판에서는 농부들이 부지런히 농사를 짓는 평화롭고 아름다운 곳이다. 정겨운 사람들과 어울려 살던 그곳을 두고, 사랑하는 가족과 친척들을 떠나 그는 머나먼 망명길에 올랐다.

왜 윤봉길인가?

향토 문화 연구소에서 2박 3일간 충청도 지역 답사를 갔다. 그때 충의사와 건너재 생가에서 윤봉길 의사를 만났다. 말로만 전해 듣던 그가 아니라 살아 있는 그분을 만난 것이다. 우리는 마치 홍커우 공원 현장에서 그와 함께 있는 것 같은 뭉클한 감동을 받았다.

"아이들을 잘 키워서 윤봉길 의사의 뜻을 이어받게 하겠습니다."

"거룩한 희생을 잊지 않고 나라와 민족을 사랑하는 아이로 자랄 게요."

어린 아이들도, 학부모들도 눈물을 글썽이며 다짐했다.

나 역시 그분의 가슴속에 있던 불꽃이 내 가슴으로 옮겨 붙어 활활 타오르는 것 같은 느낌을 받았다. 한동안 그 자리를 떠날 수 없었다.

그 후로 그분을 만날 수 있는 곳이라면 어디든 찾아다녔다. 상하이 에서 그분이 스쳐지나간 흔적을 좇으면서, 그분이 걸었던 거리, 바람,

생각을 함께 느끼고 싶었다. 외로운 길을 홀로 걸어가신 그날을 함께하면서 승기와 진쉐, 미치코를 만났다. 생생한 흥분과 감동이 살아났다. 그리고 결심했다. 이 불꽃이 꺼지지 않도록 다음 세대에 옮겨 주리라고.

내가 6학년 학생이었을 때 역사를 배웠는데, 구석기부터 시작하여 학년말이 되어서야 근대사가 나왔다. 그러나 12월, 2월은 학기말인 데다 겨울방학과 봄방학이 있어 제대로 배운 기억이 없다. 특히 일제 강점기에 대한 증언은 많았지만 역사 인식이나 방향이 제대로 수립되지 않았던 때였다.

내가 교사가 되고 나서도 한동안 그랬다. 삼국 시대나 조선 왕조는 재미나게 가르쳤지만 암울한 근대사에 오면 마찬가지로 수업 시간도, 자료도 부족했다. 지나고 나니 그것이 안타까웠고 무엇보다 필요한 것은 역사의식이라는 생각이 들었다.

요즘 우리 사회 여기저기서 근대사에 관심을 갖고 움직이는 것 같아 참 다행이다. 암울한 시기에 윤봉길 의사와 같이 나라를 구하려 온몸을 던진 분들의 활동과 그들의 생각을 느끼고 공감하는 기회가 많아졌으면 하는 마음 간절하다.

이하은

참고

양재동 시민의 숲 윤봉길 의사 기념관
충남 덕산면 생가, 충의사 매헌 기념관
상하이 훙커우 공원 윤봉길 생애 사적 전시관
『윤봉길 의사 일대기』, 임중빈, 범우사, 2002.
『백범일지』, 너머북스, 2008.
각 방송국에서 방영한 윤봉길 특집 방송 등.

세 아이의 약속

초판 1쇄 발행 2020년 12월 30일

글 이하은
그림 김옥재

펴낸이 이상용
펴낸곳 딱지
기획편집 이지안
디자인 서경아, 남선미, 서보성

출판등록 제2018-000063호
이메일 3h-202@hanmail.net
전화 편집 070-4086-2665
　　　 마케팅 031-945-8046 (팩스 031-945-8047)
ISBN 979-11-88434-36-7 (03800)

- 이 책은 경남 문화예술진흥원의 창작금을 지원받아 발간했습니다.

- **딱지** 는 마인드큐브의 어린이 청소년 브랜드입니다.